으억! 억 으어어어억!

갸아아아아아악!!!!! 흐억;

을수없어어어어!!!어엄마

아아아아! 흐으악 조작이

! 으아악 엑 설

… 꽥! 으아이

살려줘… 끄이익 아니야!

니라고오오오!!!!!!! 흐흑 으

으… 으으으으… 꺄아아아이

아앗 지직 치지직 걱 삐——

———— 헉 크아악 끄읍

끄끅 빠드득 빠직 웨엑 거짓

흐읍 끼악! 키긱 키기긱 똑

똑 스르륵 스르륵스르륵 휘휘

악 아아아악! 휴… 히히 깔깔

깔깔 끄윽 삭삭삭삭삭 킬킬

히히히 꺄아아 빠지지 트

앗! 끄억 살마… 꺽!
드드득 으아아악! 살려줘!!!
이익 아니야! 으어어어
끼야아아아아악!!!!! 아
고오오오!!!!!!! 흐읍 끼악!
긱 키기긱 뚝뚝뚝 스르륵
르륵스르륵 휙휙 꺅! 으
휴… 히히 깔깔깔깔깔 끄윽
삭삭삭삭 킬킬 키히히힉
악 빠아악 아아아악! 흐흑
으… 으으으으… 꺄아아아
아앗 지직 치지직 컥 탁
억;; 믿을수없어어어어!!
엄마아아아아아! 흐으악
작이다! 으아악! 삐——
———— 헉 크아악 끄읍
끄끄 빠드드 빠지 웨에 거

여름 기담

순한 맛

여름
기담

순한맛

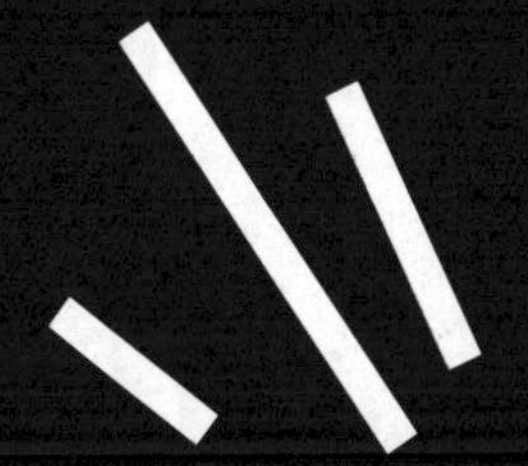

읻다

차례

이주혜

정선임

이주혜

초록 비가 내리는 집

또한 그대도 영원할 수 없으며
그들이 영원할 수 있겠는가?

살날이 3개월 남았다는 말을 들었을 때 양순덕은 생애 마지막 숙제로 100개가 넘는 화분을 갈무리하기로 했다. 햇볕을 좋아하는 식물과 꺼리는 식물을 나누고 물을 좋아하는 것과 좋아하지 않는 것을 구분해 크게 네 개의 그룹으로 나눈 다음 양순덕 자신보다 오래 살아남을 그들을 위해 넉넉한 크기의 화분에 옮겨 심었다. 평소 쓰는 흙보다 비싼 양질의 분갈이용 흙과 퇴비, 영양제도 꼼꼼히 챙겼다. 들인 지 얼마 되지 않아 아직 줄기가 여릿한 몬스테라 화분에 마른 이끼를 덮고 손바닥으로 꾹꾹 눌러주며 양순덕은 이 아이가 자신의 살뜰한 돌봄 없이도 앞으로 몇 년이나 더 살아갈 수 있을까 생각했다. 해마다 자홍색 꽃을 성실히 피워주었던 서양 난은(남편의 교장 취임식 때 받은 여러 화분 중 하나였다) 해거리 없이 몇 년이나 꽃을 피울 것인가? 유난히 손이 많이 가지만 새하얀 꽃을 피우면 잠시 마당에 달보드레한 향기를 자욱하게 피워 노고에 보답하던 치자는 양순덕보다 몇 년을 더 살아줄까? 자신이 세상을 떠나자마자 기다렸다는 듯 차례차례 시들어갈 식물들을 생각하자 양순덕은 가슴 깊은 곳에서 뜨거운 숨이 치받는 것을 느꼈다. 대학병원 소화기내과에서 시한부 선고를 받았을 때도 느껴보지 못한 애끓는 감정이었다. 양순덕은 평소 자식을 위해서라면 제 목숨도 내놓을 수 있다고 자신하는 사람들을 볼 때마다 그들의 비극적 태도가 과장이고 허세라고 생각했다. 막상 선택의 순간이 찾아오면 자식이고 뭐고 당연히 제 목숨부터 챙길 거라고 속으로 코웃음을 치기도 했다. 그러나 자신에게 주어진 한 줌의 시간 중 한 달이 넘는 귀하고 귀한 시간을 화분에 쏟아붓는 동안 양순덕은 이 식물들의 수명을 연장할 수만 있다면 남은 시간을 전부 바쳐도 좋다고 생각했고, 이 낡은 단층집에 들어와 살았던 20년 동안 시멘트 마당 한쪽에 야금야금 화분의 영토를 늘려가며 스스로 식물을 자식처럼 여겼다는 사실을 깨달았다. 실제로 양순덕은 화분에 물을 주고 햇볕을 찾아 자리를 옮기고 마른 잎을 떼어내고 넓은 잎의 먼지를 닦아내면서 식물에도 귀가 있고 눈이 있는 것처럼 말을 걸었다. 우리 선생님이 퇴직한 후로 잔소리가 퍽 늘었다는 거 니들도 알지? 세상에 그 나이에 눈까지 밝아서 내 눈엔 뵈지도 않는 머리카락을 일일이 손가락질하며 다닌단다. 아니, 머리카락이 눈에 띄면 곧바로 주워 휴지통에 버리면 좀 좋니? 기어이 내 손으로 줍게 한다지, 그놈의 영감탱이가. 그러면 길쭉한 꽃대를 내민 가느다란 라벤더 꽃줄기가 양순덕의 말에 호응하는 양 좌우로 한들거렸다. 정말 얄미운 게 뭔지 아니? 머리카락을 한 올 발견할 때마다 누가 선생 아니랄까 봐 목소리를 척 깔고 그런다? 이보오, 순덕 양. 거금 120만원이나 주고 바꿔준 외제 청소기는 누구한테 꿔주었소? 아니면 국을 끓여 먹었소? 그냥 청소 좀 똑바로 해라, 하면 될 것을 꼭 말로 돌려차기를 한다지. 선생님은 아직도 날 40년 전 풀꽃 야학에서 만난 어린 공순이로 본다니까? 자기 마누라한테 이보오, 순덕 양이 뭐니? 그래 놓고 밖에 나가면 결혼 생활 40년이다 되도록 부부 사이에 존댓말을 쓰는 품격 있는 '교육자 집안'인 양 자랑을 한다지. 뭐, 내가 직접 본 건 아니고 박 교장댁 사모가 전해준 말이야. 동창회든 교장 모임이든 선생님이 날 데리고 나가질 않으니 나야 그 눈꼴사나운 모습을 구경하고 싶어도 볼 수 없단다. 가끔 속이 상할 때면 그런 상상을 해봐. 선생님을 따라 교장 모임에 나갔다가 선생님의 실체를 죄 폭로하는 상상. 우리 선생님은 배운 분답게 여편네에게 꼬박꼬박 존댓말을 하시지만, 내가 어쩌다 밥이라도 태우면 어린 계집애 다루듯 회초리로 제 종아리를 찰싹찰싹 때린답니다! 양순덕의 목소리가 한 단계 높아지자 관엽식물들이 일제히 널찍한 잎을 부르르 떨었다. 에이, 아니야. 너희도 봤잖아. 우리 선생님, 말로 사람 쥐어박는 게 특기이긴 하지만 손찌검을 하지는 않아. 내 말은 선생님의 얄미운 말본새가 손찌검만큼이나 아프고 야속하다는 뜻이지. 너희도 내 친구 현자 알지? 왜 남편이 종로5가에서 종묘상을 크게 하는 이. 너희 비료랑 농약도 현자네 가서 싸게 사 오잖아. 그이가 나랑 같은 공장에서 시다로 일했는데, 자기는 공장에 원단 나르던 자전거 짐꾼하고 눈 맞아 결혼하고 나는 야학에서 대학생 선생님을 꿰찼다고 맨날 우스개처럼 한탄했더란 말이지. 현자랑은 결혼 후 한동안 연락이 끊겼다가 쉰 넘어서 다시 연락하고 지냈어. 아들 하나 딸 둘, 다 공부시키고 결혼시킨 다음 친구들 만나 맛난 거 먹고 경치 좋은 곳 구경 다니며 늙고 싶다면서 먼저 연락을 해왔더라고. 말은 그렇게 해도 현자나 나나 통이 작고 겁이 많아서 맛난 거 먹으러 가봐야 기껏 종로 골목길에 숨은 오래된 냉면집에 가거나 좋은 구경이라야 아직 한적한 한강 둔치 따라 걷는 게 전부였지. 그러다가 날 저물기 전에 서둘러 집으로 돌아오곤 했어. 선생님이 꼭 집에서 저녁을 자시니까, 내가 밥때가 되면 아주 마음이 급해 발을 동동 굴렀거든. 그렇게 1년에 한두 번 얼굴 보는 게 고작이었는데 어느 날 현자가 연락도 없이 불쑥 집으로 찾아왔지 뭐니? 너희도 기억나지? 현자가 재래시장에서 가마솥 영양통닭 한 마리를 사 들고 와서 온 집 안에 고소한 기름 냄새가 둥둥 떠다녔던 날. 양순덕의 발치에 나란히 늘어선 다육식물들이 대답 잘하는 막둥이들처럼 통통한 잎을 가만히 끄덕였다. 그런데 현자 그 애가 그 무렵 우리 선생님이 퇴직하고 집에 계시는 걸 몰랐던 거라. 그날 선생님이 아침부터 콩국수 타령을 해가지고 내가 서둘러 검정콩을 불리고 삶고 갈고 체에 거르고 하느라 땀을 한 바가지는 흘린 상태였거든. 근데 갑자기 현자가 뜨거운 통닭을 갖고 들이닥치니 솔직히 하나도 안 반갑더라고. 게다가 영양통닭 봉투 밖으로 소주병 하나가 빼꼼히 고개를 내밀고 있는 걸 나도 보고 선생님도 봤더란 말이지. 선생님이 뭐라고 생각했겠어? 오호라, 우리 양순덕 양, 그동안 내가 출근해 뼛골 빠지게 돈 버는 동안 순덕 양은 친구랑 기름진 것 먹고 낮술까지 잡수셨던 모양이군요? 잔소리 회초리 한 시간짜리였지. 그래도 손님은 손님인지라 넉넉한 2인분으로 생각하고 만든 콩국수를 살짝 모자란 3인분으로 나눠 담고 현자가 사 온 통닭을 한 가운데 놓고 부엌 식탁에 셋이 둘러앉았단다. 그런데 눈치 없는 현자 년이 기어이 소주병을 꺼내곤 소주잔 세 개를 가져오라고 큰소리치는 게 아니겠니? 안 그래도 안 좋은 선생님 표정이 딱 굳어버렸는데 현자는 아랑곳없이 소주잔 세 개를 채워 한 잔씩 나눠 주고 제 몫의 술을 원샷으로 들이켜는 거야. 선생님은 술잔을 무시하고 후루룩 소리까지 내며 콩국수를 먹기 시작했고 나는 이러지도 저러지도 못하고 괜히 콩국수만 휘저었어. 현자 이년이 죽으려고 환장을 했는지 쥐어박듯 한마디 하는 거야. 어머, 순덕이 너 평소엔 소주 반병은 너끈히 비우더니 오늘은 신랑 옆이라고 부끄럼 타는 거니? 나는 아직 한 젓가락도 뜨지 않은 콩국수가 명치에 콱 얹힌 기분이었어. 현자는 어디 교장 선생님 술 한잔 받아보자며 방금 비운 술잔을 우리 선생님 앞에 척 내밀었어. 선생님은 아무 말 없이 현자의 술잔을 채우고는 날 보고 옛날 영화 속 신성일 말투로 말하는 거야. 우리 순덕 양도 한잔하지 그러시오? 나는 소리 내어 대답도 못 하고 그저 고개만 절레절레 흔들고 콩국수를 먹기 시작했어. 반나절 비지땀 흘린 게 무색할 만큼 무슨 맛인지 느껴지지도 않았지만, 그냥 콩국수 그릇에 빠져 몸을 숨기고 싶은 마음으로 젓가락질만 계속했지. 그때부터 선생님의 회초리 같은 잔소리가 시작되었어. 바야흐로 어쩌고, 소위 어쩌고, 여자가 어쩌고, 정숙한 부인이 어쩌고, 품격 있는 문명인이 어쩌고 하는 레퍼토리 있잖아. 그늘에 서 있던 길쭉한 야자수가 사시나무처럼 몸을 떨었다.

그날 밤 화장대 앞에 앉아 마사지 크림을 바르고 있는데 도무지 울릴 줄 모르던 내 핸드폰이 부르르 떨면서 현자 이름이 뜨는 거야. 나는 텔레비전 앞에서 뉴스를 보고 있는 선생님 눈치를 살피며 조심스럽게 핸드폰을 집어 들고 부엌으로 나갔어. 어두운 부엌 식탁 의자에 앉아 전화를 받았는데, 통화가 연결되자마자 현자 애가 통곡을 하는 거야. 나는 깜짝 놀라 현자네 초상이라도 났나, 남편한테 무슨 일이라도 생겼나, 가슴이 덜컥 내려앉았는데, 좀 더 귀를 기울여 보니 이년 혀가 꼬부라진 게 영락없는 술주정인 거라. 아이고, 우리 양순덕이, 얌전하고 음전한 우리 양순덕이. 시침질을 해도 감침질을 해도 똑바르고 단정했던 우리 2조 에이스 양순덕이. 열무김치를 담가도 파김치를 담가도 그 가녀린 줄기가 한 올도 흐트러지지 않게 가지런히 담글 줄 아는 깔끔한 우리 양순덕이. 대학 나온 선생님한테 시집간다고 해서 이제 고생 끝에 팔자가 펴는구나 싶어 내가 다 반갑고 기뻤는데 세상 꼬장꼬장한 꼰대 옆에서 저리 기죽어 40년을 살았을 줄이야. 아이고, 그게 신랑이냐, 상전이지. 그게 부부 생활이냐, 종살이지. 세상 얌전하고 착한 우리 순덕이가 왜 애 하나 낳지 않았는데 꼬치처럼 말라비틀어지고 허리가 휘었는지, 하나밖에 없는 이 친구가 이제야 알아버렸네. 내가 가진 것도 없고 배운 것도 없는 남자 만나 애를 셋이나 까고 허덕허덕 키우는 동안 우리 양순덕이는 교장 선생님 사모 소리 들어가며 정경부인처럼 살고 있을 줄 알았는데, 우리 양순덕이가 이 손현자의 유일한 자랑이었는데, 아이고, 그리 종년처럼 살고 있을 줄이야! 가만히 듣다 보니 이건 현자 년의 새로운 돌려차기 수법

인가 싶어 부아가 나지 않겠니? 현자의 주정이 밤새도록 이어질 것 같아 도중에 전화를 끊고 아예 핸드폰 전원까지 꺼버렸단다. 그러곤 조명이라곤 냉장고 전원 표시등에서 흘러나오는 작은 빛뿐인 어둑한 부엌에 한참을 앉아 있었어. 낮에는 선생님한테, 밤에는 현자한테 말로 된통 얻어맞아 만신창이가 된 기분이었지. 하루가 참 고되구나 싶어 불쑥 설움이 솟구치더라. 그날 밤 나는 선생님도 꼴 보기 싫고 만사가 귀찮고 싫은 상태가 되어 거실 소파에 쪼그리고 잤어. 한참을 뒤척이다 새벽녘에 겨우 잠들었을 거야. 그런데 우리 선생님, 참 무디고 곰탱이 같은 이 양반은 내가 버릇처럼 먼저 일어나 부엌에서 밥을 해버린 바람에 자기 마누라가 밤새도록 거실에서 잔 것도 모르더라고.

100개의 화분 갈무리를 모두 마친 양순덕은 공책 하나를 꺼내 화분의 목록을 작성하고 화분별 물 주는 주기, 햇볕과 바람을 좋아하는 정도, 영양제를 주는 주기, 식물이 아플 때 대처하는 방법, 분갈이할 때 특별히 신경 쓸 점 등을 꼼꼼하게 기록했다. 여차하면 도움을 구할 동네 화원 전화번호와 약도, 현자네 종묘상 전화번호와 주소도 첨부했다. 화분 100개의 목록을 작성하는 데 또 꼬박 한 달이 걸렸고, 이제 의사가 기약한 죽을 날이 코앞으로 다가왔다. 양순덕은 마지막으로 남편에게 편지를 쓰기로 했다. 처음 풀꽃 야학에서 만났을 때 단단한 눈빛과 치수가 맞지 않는 헐렁한 와이셔츠를 아무렇게나 입은 허술함에 반했다는 이야기로 시작해, 자식 없는 부부로 쓸쓸하게 살게 한 탓을 부인에게 돌리지 않은 점과 배운 것 없는 자신을 평생 가르치려고 애써준 점을 고마워했다. 마지막으로 어쩌면 가장 중요한 한 마디를 적고 그 밑에 자신의 이름 석 자를 한글과 한자, 그리고 영어로 적었다. 세 가지 언어로 적은 서명은 어쩐지 좀 과도한 감이 없지 않았지만, 양순덕은 평생 자신을 교육의 대상으로 여긴 남편에게 당신의 노력이 헛되지는 않았음을 보여주고 싶었다. 그렇게 유서 같은 편지를 쓰고 마지막으로 한번 훑어보는 사이 날이 저물었다. 방 안이 어둑해지고 야박한 조명 아래 방금 자신이 완성한 편지를 다시 살펴보니 어느 문장 어느 단어도 진실하지 않다는 자각이 뒤통수를 때렸다. 창문 너머로 자식 같은 화분들이 보였다. 자식들이 일제히 양순덕을 보고 있었다. 부끄러운 아내로 죽을지언정 부끄러운 어머니로 죽고 싶지는 않다는 생각이 들자 양순덕은 자기도 모르게 정성껏 쓴 편지를 북북 찢어버렸다. 그리고 새 종이를 꺼내 남편에게 전하고 싶은 단 한 문장을 적었다.

부디 화분들만은 죽이지 말아주세요.

그리고 어딜 가나 가방에 넣고 다녀 귀퉁이가 나달나달해진 낡은 수첩을 가져와 거기 적힌 한 문장을 편지에 옮겨 적었다. 몇 년 전 혼자 박물관에 갔다가 홀린 듯 베껴 쓴 그 문장은 고대 아라비아의 어느 묘비명이라고 했다. 그날 양순덕은 어두운 전시실 한구석에서 마주친 먼 옛날의 묘비 앞에서 소리 없이 눈물을 쏟았다. 밑도 끝도 없이 울음이 터진 것은 몇 년 후 그 문장이 자신의 묘비명이 될 거라는 날카로운 예감 때문이었을까? 양순덕은 당부의 말과 스스로 정한 묘비명, 이렇게 딱 두 문장으로 빈 종이를 채우고 맨 아래에 자신의 이름을 한글로 적었다. 우리 순덕 양도 양순덕 양도 아니고 그저 양순덕 세 글자면 충분했다. 그 듬성듬성한 편지를 유서로 남기고 양순덕은 싸늘한 원한은 자신이 다 가져갈 테니 따습고 보드라운 것들은 모두 식물 자식들에게 돌아가길 빌며 눈을 감았다.

자격 없는 자, 자신의 죄를 인정하고
신을 믿는 그가 알라에게 돌아갑니다

박천일은 아내가 남긴 유서를 골똘히 들여다보며 49일을 보냈다. '또한 그대도 영원할 수 없으며 그들이 영원할 수 있겠는가?' 호응이 맞지 않는 이 아리송한 문장은 대체 무슨 뜻이란 말인가? 영원할 수 없다는 '그대'는 누구이고 영원의 의문 대상인 '그들'은 또 누구인가? 이름처럼 양순하고 덕망 있던 여자가 아픈 사실을 감쪽같이 숨기다가 덜컥 죽어버린 것도 큰 충격이었는데 유서로 남긴 편지에는 고작 두 문장이 적혀 있었다. 세상에, 40년을 함께한 부부 사이에 남길 말이 그리 없었던가? 그나마 한 문장은 쓸데없이 자리만 차지하는 화분들을 죽이지 말라는 당부였고 또 한 문장은 출처도 맥락도 불분명한 이상한 말이었다. 또한 그대도 영원할 수 없으며 그들이 영원할 수 있겠는가? 아무리 들여다봐도 여기서 '그대'는 박천일 자신을, '그들'은 아내가 남긴 100개의 화분을 말하는 것 같았다. 그렇다면 이것은 저주의 문장이 아니던가? 너도 영원히 살지 못하고 언젠가는 죽을 테니 똑같이 영원할 수 없을 식물들이나 잘 보살피라는 협박? 박천일은 생각할수록 아내 양순덕이 원망스러웠다. 공책 한 권을 빼곡하게 채울 만큼 화분을 향한 마음이 애틋했다면, 평생 함께한 지아비를 향한 마음은 공책 한 권이 아니라 열 권 백 권은 채울 정도여야 마땅하지 않은가. 고난뿐인 이승에 늙은 남편만 남기고 떠나 미안하다거나, 평생 사랑 혹은 존경했다거나, 먼저 가서 저승에 자리를 닦아놓을 테니 당신은 천천히 따라오라는 기약의 말 정도는 적을 수 있지 않았을까? 장례를 치르고 돌아온 박천일은 혼자 안방에 누웠다가도 화분만 생각하면 벌컥 몸을 일으키게 되었다. 순하고 순한 줄만 알았던 아내가 한 지붕 아래 한 이불을 덮고 산 40년 세월을 송두리째 부정하고 매몰차게 떠나버렸다. 가만히 생각해 보면 양순덕은 처음부터 은근히 차가운 구석이 있었다. 처음 살을 섞은 날에도 양순덕은 다른 여자들처럼 울며 매달리거나 책임지라 종용하지 않았다. 그저 속눈썹이 긴 두 눈을 내리깔고 가만히 박천일의 말을 기다렸다. 무슨 말이든 먼저 꺼내는 법이 없는 여자였다. 박천일은 그걸 순종이라 해석했고 그래서 학력이든 배경이든 크게 기우는 차이를 감내하고 결혼을 결심했다. 열여덟 살 양순덕은 박천일의 눈에 깨끗한 백지 같았다. 그 백지를 자신의 손으로 채워 어엿한 양서 한 권으로 만들리라 다짐했다. 박천일은 학교에서는 천둥벌거숭이 중학생들을 가르치는 국어 교사였고 집에서는 문명을 모르는 한 마리 암컷을 개화하는 선교사로 살았다. 물론 지아비이자 교육자로서 양순덕의 가정생활이 늘 박천일의 성에 차지는 않았다. 양순덕은 순했지만 느렸다. 조용해서 마음에 들었지만 답답했다. 반항할 줄 몰랐지만 무지했다. 결혼 첫해 모처럼 4성급 호텔에서 열린 부부 동반 동창회에 데려갔다가 스테이크는 겁이 나서 손도 못 대고 곁들이로 나온 크림수프만 홀짝거리는 양순덕을 본 후로 어떤 부부 동반 모임에도 데려가지 않았다. 제주도나 홍콩으로 떠났던 부부 동반 여행도 박천일 혼자 다녀왔다. 나중에 여행지에서 찍은 단체 사진을 보여줘도, 박천일을 제외한 사람들이 전부 부부끼리 팔짱을 끼고 어깨를 끌어안고 있어도 양순덕은 딱히 서운한 기색을 보이지 않았다. 오히려 그런 복잡하고 어색한 장면에 자신이 끼어 있지 않아 다행이라는 표정을 지으며 단체 사진을 물끄러미 바라보다 박천일에게 돌려주곤 했다. 박천일은 양순덕의 그런 태도를 미련함으로 해석해야 할지 무심함으로 해석해야 할지 잠시 헷갈렸지만, 남들에게 양순덕을 보여주지 않아도 된다는 안도감이 가장 커서 다른 모든 감정과 생각을 밀쳐낼 수 있었다. 그렇다고 박천일이 다른 여자에게 눈길을 준 적은 없었다. 딱 한 번 재혼한 친구가 사당동에서 꽃집을 한다는 새 부인을 동창회에 처음 데려온 날, 박천일은 그 여자의 길쭉하고 가느다란 목에 걸린 젖빛 진주목걸이를 자꾸 흘끔대다 포도주 잔을 넘어뜨려 하얀 와이셔츠 앞섶을 온통 붉게 적신 적이 있었다. 그날 밤 집에 돌아와 붉게 물든 셔츠를 양순덕에게 던져주고 밤새도록 그 여자랑 알몸으로 뒹구는 꿈을 꾸긴 했지만, 딱 거기까지였다. 그 일탈을 경험한 다음 박천일은 더욱 아내의 교육에 몰두했다. 대학 시절 전공 시간에 배운 고전 중 허난설헌이나 황진이는 빼고 신사임당을 아내가 따라야 할 모범으로 제시했다. 아내에겐 자식이 없으니 현명한 어머니는 될 수 없었지만 어진 아내가 되기만 해도 현모양처 조건의 반은 충족할 수 있을 것이다. 박천일이 밥상머리에서 이런 말들을 늘어놓으면 양순덕은 결혼하고 10년이 넘도록 자식이 생기지 않는 것에 대해 박천일의 눈치를 살피고 죄책감을 느끼는 기색이었다. 그럴 때마다 박천일은 혼자 몰래 병원을 찾아가 검사를 받은 결과 불임의 원인이 자신에게 있다는 사실을 아내에게 밝히지 않은 게 40년 결혼 생활 중 가장 잘한 일이었다고 두고두고 생각했다. 팔자에 자식이 없다는 사실을 인정하자마자 박천일은 오직 양순덕을 자신의 아내이자 자식, 제자로 삼기로 마음먹고 원석을 깎는 마음으로 교육에 매진했는데 과업을 완수하기도 전에 아내는 덜컥 죽어버렸고 설상가상 영성에 차지 않는 두 문장을 유서랍시고 남겼다.

'부디 화분들만은 죽이지 말아주세요.' 국어 교사였던 박천일은 '화분들만은'의 조사에 주목했다. 화분을 죽이지 말라는 게 아니라 화분만은 죽이지 말라니, 이 무슨 저의인가? 박천일이 화분 말고 뭔가를 죽인 적이 있다는 말인가? 그날부터 박천일은 악몽에 시달렸다. 꿈속에서 자꾸 아내를 죽였다. 양순덕은 박천일의 억센 손아귀에 목이 졸려 죽었고, 박천일의 칼에 찔려 죽었다. 양순덕의 시체도 박천일의 손으로 처리했는데, 악몽마다 그 방식이 달라졌다. 박천일은 양순덕의 시체에 돌덩어리를 매달아 강물에 던졌고 집에 있지도 않은 우물에 던졌다. 우물 깊은 곳에서 첨벙 소리가 울린 날은 우물을 시멘트로 감쪽같이 메워버렸다. 창고 벽 뒤에 시체를 세우고 그 위에 시멘트를 바른 적도 있었다. 그날 꿈에 검은 고양이는 등장하지 않았다. 악몽의 끝은 언제나 적발과 탄로였다. 흔적도 없이 사라진 우물 위로 녹색 덩굴이 솟아나 박천일에게 기어 왔다. 창고 벽에서 대나무가 수평으로 돋아나 날카로운 끝으로 박천일의 가슴을 겨누었다. 아내의 부엌에서 핏빛 능소화가 피어올랐고 꽃술이 있어야 할 자리마다 요사스러운 뱀의 혓바닥이 돋아나 박천일을 고발했다. 네가 죽였다! 네가 범인이다! 박천일은 제 비명 소리에 놀라 악몽에서 깨어났다. 그런 날이면 아직 동도 트지 않은 마당으로 달려 나가 화분들을 살펴보았다. 행여 잎 하나 줄기 하나라도 죽었을까 봐, 그랬다간 당장 아내가 처녀 귀신보다 무서운 모습으로 눈앞에 나타나 자신의 목덜미를 낚아채 저승으로 끌고 갈까 봐 너무나 무서웠다. 하지만 화분들은 잘 자라주지 않았다. 아내가 남긴 공책을 들여다보며 거기 적힌 대로 물을 주고 햇볕과 바람을 쐬어주고 영양제를 주었지만, 화분은 차례차례 시들어갔다. 그때마다 박천일의 살이 빠졌다. 뼈가 삭았다. 화분의 절반이 하얀 곰팡이로 덮인 걸 발견한 날에는 기어이 이 집에 처음 이사 왔을 때의 한 장면을 떠올리고야 말았다. 20년 동안 기억의 깊숙한 구덩이에 처박아 둔 장면이었다. 집을 계약하고 전 주인이 비운 집을 살펴보러 왔을 때 양순덕은 한껏 기대에 부푼 발그레한 얼굴로 모처럼 말이 많았다. 담장을 따라 저기에 감나무랑 청매화랑 자두나무를 심어요. 담이 꺾이는 모퉁이에는 지주를 세우고 포도 넝쿨을 가꿔야겠어요. 여름이면 포도 넝쿨 아래 테이블을 내놓고 주렁주렁 익어가는 포도를 구경해요. 저쪽에는 작은 꽃밭을 만들고 철마다 차례차례 피어나는 꽃들을 심어요. 붉은 꽃, 주황꽃, 노랑 꽃, 분홍 꽃이 사이좋게 필 거예요. 자식 같은 꽃과 나무를 돌보다 보면 한세월 지루하지 않게 지낼 수 있을 거예요. 박천일은 이사 전 도배와 부엌, 화장실 수리를 부탁하는 김에 별로 넓지 않은 흙 마당에 꼼꼼하게 시멘트를 발라달라고 했다. 왜 정원을 가꾸시지 않고요? 건축업자가 의아한 표정으로 물었을 때 박천일은 흙 마당에 번지는 잡초를 감당할 자신도 시간도 없다고 일축했다. 그러나 이사 당일 양순덕이 회색 시멘트 바닥이 되어버린 마당을 보고 세상을 다 잃은 듯한 표정을 지었을 때 박천일은 '자식 같은 꽃과 나무'라고 했던 양순덕의 말과 무정자증을 선고한 의사의 말을 동시에 떠올렸다. 아내가 자식처럼 남긴 화분들이 허연 곰팡이를 뒤집어쓰고 집단으로 죽어가는 모습을 목도하며 박천일은 20년 전 자신이 간단히 시멘트로 가둬버린 아내의 꿈이 이제야 복수를 시작했나 하는 이상한 생각에 사로잡혔다. 박천일은 아내의 공책을 뒤져 종로5가에서 종묘상을 한다는 아내의 친구에게 전화를 걸었다. 아내의 장례식에서 가장 서럽게 울던 여자였다. 박천일이 찍은 화분 사진들을 전송받은 손현자가 잠시 후 다시 전화를 걸어 말했다. 선생님, 이건 곰팡이가 아니라 냉해예요. 식물들이 죄 냉해를 입었네요. 냉해라니, 지금은 초여름이 아니오? 박천일의 말에 손현자가 기다렸다는 듯 냉큼 반박했다. 내 친구 양순덕이 저승에서 노한 모양이지요. 여자가 한을 품으면 오뉴월에도 서리가 내린다지 않아요? 지금이 오뉴월 한

복판이라는 거, 선생님도 아시지요?

죽음은 세상에 아름다움과
완벽함을 주었소

이상한 집이었다. 집주인 남자는 시세보다 훨씬 싼 전세 보증금을 받는 대신 단 하나의 조건을 달았다. 넓지 않은 시멘트 마당의 절반 이상을 차지하는 100개의 화분을 건드리지 말 것. 위치를 옮기거나 버리지 말 것. 굳이 조건을 걸지 않아도 화분은 죄 시들고 죽은 흉물이어서 건드리고 싶지 않았다. 방 세 개에 부엌과 거실, 화장실이 있는 벽돌 단층집은 시멘트 마당을 빼면 아담하고 깔끔했다. 집은 낡았지만, 곳곳에 알뜰살뜰 돌본 흔적이 배어 있었다. 화장실 타일은 오래전 유행이 지난 모양과 크기, 색깔이었지만, 줄눈이나 실리콘 이음새가 곰팡이 하나 없이 깔끔했다. 부엌 싱크대 역시 낡았지만, 손잡이며 서랍이며 곳곳에 쓸고 닦은 흔적이 역력했다. 누군지 몰라도 이 집에서 살림을 꾸린 사람은 바지런함이 몸에 밴 사람이었을 것이다. 뭐든 새로 척척 사들이기보다는 오래되고 낡은 것을 손수 고치고 닦아 쓰는 사람이었을 것이다. 손우정은 이사 후 천천히 짐 정리를 하면서 자신보다 먼저 이 집을 돌봤던 사람의 모습을 상상했다. 나이는 어느 정도일까? 체형은 어떨까? 말씨는 나긋나긋할까, 호쾌할까? 가장 편안하게 짓는 표정은 무엇일까? 작은 실마리를 붙들고 인물의 특징을 상상해 재구성하는 일은 손우정이 가장 좋아하는 일이자 잘하는 일이기도 했다. 손우정의 정식 직업은 대학에서 영문학을 전공하고 대학원에서 비교문학 석사와 박사 학위를 받은 대학 강사였지만, 손우정 자신은 문헌과 문장 사이를 파고들어 인물을 발굴하는 고고학자라고 여겼다. 그리스 로마 신화와 19세기 프랑스 시를 접목했고 아랍의 중세 문학과 현대 미국 시 사이의 구멍을 뚫었다. 손우정이 발표한 논문은 참신성과 재기발랄함으로 학회장의 이슈가 되곤 했다. 만찬 자리에서 여러 선배 교수들이 손우정의 옆자리로 찾아와 칭찬과 응원의 말을 건넸다. 따로 먹고살 길만 있으면 평생 연구하고 논문만 쓰면서 살고 싶다고 생각했지만, 사실 손우정에게 그런 길은 없었고 선배들도 어서 대학에 자리를 얻어 생계와 안정적인 연구 기반을 동시에 잡으라고 독려했다. 손우정이 자신 없어 할 때마다 선배들은 진심인지 설레발인지 모르게 목소리를 높였다. 손 박사 아니면 누가 돼? 세계적으로 인정받은 분이 겸손한 거야, 앙큼한 거야? 특히 모교의 허 교수는 손우정이 해외 학회지에 논문을 발표한 일을 두고 몇 년 동안 손우정을 치켜세웠다. 모교에 임용 공고가 나기도 전에 손우정에게 미리 귀띔해 준 사람도 허 교수였다. 결과 발표 직전 허 교수는 손우정을 청담동의 한 일식집으로 불렀다. 손우정은 혹시 몰라 소위 명품으로 불리는 브랜드의 남성용 지갑을 선물로 들고 갔다. 눈치를 봐서 여차하면 건네고 아닌 것 같으면 다시 들고 오려고 가방 안에 쏙 들어갈 만한 작은 부피로 신경 써서 골랐다. 일식집에서 만난 허 교수는 심사위원과 지원자 사이가 아닌 같은 학교 선후배 사이 만남임을 강조하며 직접 분위기를 주도했다. 분위기가 너무 무겁지 않게 오래전 학창 시절 교수들과 동기들 이야기를 제법 유머러스하게 들려줘 손우정을 웃게 했고 분위기가 너무 가볍지 않게 가끔씩 영문학계 동향을 화제로 끌어들였다. 그는 평판대로 '젠틀함'과 '프레시함'이 적절히 섞인 사람이었다. 서로의 얼굴이 적당히 붉어졌을 때 손우정은 준비해 간 지갑 선물은 고스란히 들고 가 환불을 받아야겠다고 생각했다. 이런 분위기에서 선물을 건넨다면 허 교수는 분명 자신의 의도를 오해했다며 불쾌해할 것이다. 대신 꽤 비싸 보이는 밥값을 자연스럽게 지불한다면 어떨까? 허 교수 앞에서 선뜻 카드를 내밀 수는 없을 테니 화장실에 가는 척하면서 미리 결제할까? 이런저런 생각으로 머리를 굴리고 있을 때 허 교수가 먼저 화장실에 다녀오겠다며 자리에서 일어났다. 허 교수가 방을 나가고 30초 후에 손우정은 카드지갑을 챙겨 얼른 계산대 쪽으로 갔다. 진한 향수 냄새를 풍기는 사장이 입만 움직여 미소를 짓더니 손우정의 카드를 받지도 않고 말했다. 어머, 선생님은 허 교수님하고 우리 가게 처음 오셨나 보다. 우린 달에 한 번씩 한꺼번에 결제해요. 여긴 영문과 교수님들 아지트니까요. 방으로 돌아온 손우정은 지갑 선물을 건네야 하나 다시 고민에 빠졌다. 그때 화장실에서 돌아온 허 교수가 손우정의 옆자리에 털썩 주저앉으며 말했다. 어, 오늘 이상하게 취하네.

그 후 일어난 일을 손우정은 다 잊었다. 너무나 매끄럽고 자연스럽게 자신의 허벅지에 올라온 허 교수의 손도 깜짝 놀라 몸을 빼는 손우정의 어깨를 꽉 움켜잡은 허 교수의 악력도 다 잊었다. 허 교수는 보기보다 힘이 셌다. 참치 뱃살 회가 반 넘게 남은 일제 도기 접시는 허 교수의 뒤통수에 살짝 빗맞았지만 허 교수는 손우정의 반격을 전혀 예상하지 못했는지 한참 동안 멍청한 표정으로 손우정을 쳐다보았다. 도망치듯 일식집에서 뛰쳐나가 서둘러 택시를 잡아탔을 때 백미러로 자꾸 뒷자리를 흘끔거리는 택시 기사의 눈길을 느끼고서야 손우정은 자신이 한여름에 얼음 위를 걷는 사람처럼 부들부들 떨고 있음을 깨달았다. 모교의 교수 자리는 손우정보다 세 살 어린 남자 후배에게 돌아갔고 백화점에서 산 지갑의 환불

기한도 지나버렸다. 손우정은 포장도 뜯지 않은 지갑을 서랍장 깊숙한 곳에 처박고 다 잊으리라 다짐했다. 지금껏 살아온 대로 연구하고 논문 쓰고 강사 생활 하면서 적게 벌고 적게 먹겠다고. 모교 쪽은 쳐다보지도 않겠다고. 그렇게 다 잊고 정리했다고 생각했다. 그러던 어느 날 갑자기 숨이 쉬어지지 않았다. 누가 억센 손으로 손우정의 목을 비트는 것만 같았다. 허 교수에게 목이 졸리는 악몽을 꾸었다. 비명을 지르며 꿈에서 깨어나도 호흡은 여전히 불가능했다. 공황장애 진단을 받고 지방대학 강의를 포기했다. 고속도로처럼 터널을 자주 만나는 곳에서는 운전을 할 수가 없었다. 자동차가 터널에 들어서면 곧바로 발작의 조짐이 시작되었다. 수입이 줄어 번역 일을 시작했다. 전세 보증금을 줄여 이사하고 남은 돈으로 생활비를 충당했다. 점점 집이 작아지고 변두리가 되어갔다. 그런 패턴을 반복하다 이 집을 만났다. 여전히 낡고 변두리에 있었지만 독채였고 마당까지 있었다. 무엇보다 보증금이 놀랄 만큼 적었다. 이런 집이라면 굳이 외출하지 않고도 살 수 있을 것 같았다. 방 하나는 침실로 또 하나는 잡동사니를 넣어두는 공간으로 쓰고 가장 작은 북향 방에 책상을 들였다. 다른 방보다 한 단계 어둡고 서늘한 그 방을 작업실로 삼았다. 새집과 가까운 곳으로 정신과 의원을 옮기고 몸에 맞는 약으로 미세 조정을 시작했다. 여전히 지하철을 타거나 어두운 극장에 들어가는 일은 어려웠지만 자다가 발작을 일으키는 일은 없었다.

공책을 발견한 것은 우연히 들어가 본 창고에서였다. 마당 한쪽에 허술하게 지은 단칸의 창고는 수십 년 전 연탄 창고로 쓰였을 법한 좁은 공간이었는데 거기에는 분갈이용 흙과 비료 포대가 한 10년은 너끈히 쓸 정도로 차곡차곡 쌓여 있었다. 한쪽 선반에는 온갖 식물 영양제와 장갑, 모종삽, 씨앗 등이 깔끔하게 정리되어 있었다. 공책은 선반 맨 아래 칸에 있었다. 손우정은 북향의 작업실 책상 앞에서 깔끔한 손 글씨로 정리된 화분 목록과 식물 돌보는 법을 읽었다. 한 번도 만난 적 없는 경이로운 세계였다. 1970년대 약진했던 미국 여성 시인들의 시집을 처음 접했을 때처럼 가슴이 뛰었다. 2차 세계 대전 직후 세계의 폭력을 고발하는 유대인 작가들의 거침없는 목소리를 들었을 때처럼 울고 싶어졌다. 군데군데 맞춤법도 틀리고 긴 문장을 구사하는 데 익숙하지 않은 사람이 쓴 글이 분명했지만, 식물 하나하나의 이름을 부르고 보살피는 방법을 기술한 내용은 동서고금의 어느 문헌보다 생동력 있었다. 두꺼운 공책을 찬찬히 다 읽고 나니 작은 창으로 설핏 여명이 비쳐들었다. 뭔가를 읽으며 밤을 새운 것도 참 오랜만이었다. 책상에서 일어난 손우정은 창밖으로 녹색의 뭔가가 빠르게 스쳐 가는 것을 보았다. 빛의 장난인가? 밤샘이 불러온 환시인가? 창문 가까이 다가가 방충망에 코를 대다시피 하고 밖을 보았다. 거의 시들거나 죽은 흉측한 화분들이 희붐한 새벽빛 아래 웅크리고 있었다. 어디에도 밝은 초록색은 보이지 않았다. 손우정은 공책에 적힌 대로 저 죽어버린 식물들을 살려보기로 마음먹었다.

손우정은 창고에서 발견한 것과 똑같은 공책을 동네 문구점에서 샀다. 그리고 화분에 손을 댄 날부터 일지를 기록했다. 누렇게 말라버린 잎을 떼어내고 냉해를 입었는지 줄기 한가운데부터 녹아내린 것들은 밑동을 바짝 잘라주었다. 그리고 아직 뿌리가 살았는지 완전히 죽어버렸는지 모르는 화분들 모두에 물을 주었다. 화분이 많아 물을 주는 데만 한참이 걸렸다. 그리고 무엇이라도 살아나는지, 어떤 변화라도 일어나는지 지켜보기로 했다. 북향 방 책상에 앉아 논문 자료를 읽거나 좋아하는 작가의 신간 소설을 읽다가도, 화분의 전 주인이 남긴 공책을 외울 듯 반복해서 들여다보는 동안에도 손우정의 시선은 자주 창밖으로 향했다. 아침에 일어나면 물부터 한 잔 마시고 곧바로 마당에 나가 화분 앞으로 갔다. 손우정은 그렇게 기다렸다. 끈기 있게 기다리기는 손우정이 가장 잘하는 일이었다. 여름이 무르익고 날이 점점 더워지고 장마 소식이 들렸다. 뉴스에서 천둥 번개를 동반한 폭우를 예고하며 침수 대비를 경고했다. 손우정은 집 안팎의 하수구를 점검하고 지붕과 창틀을 살폈다. 그러나 손우정이 가장 걱정하는 대상은 화분들이었다. 화분들이 천둥 번개 폭우를 견딜 수 있을지 알 수 없었다. 그렇다고 저 많은 화분을 전부

실내로 옮기자니 엄두가 나지 않았다. 식물 애호가 카페에 가입해 이런저런 정보를 구했는데, 많은 이들이 번개 치는 날 내리는 비가 식물에겐 보약이라고 했다. 아파트에서 식물을 기르는 사람들은 번개 치는 날 일부러 빗물을 받아 베란다 식물에 준다고도 했다. 손우정은 비를 피하는 게 화분에 이로울지 비를 맞는 게 이로울지 한참을 고민했다. 그러다 문득 헛웃음이 터졌다. 저 많은 화분 중 초록으로 살아난 식물이 하나도 없었던 것이다. 손우정은 아직 살았는지 죽었는지 모를 식물들이 번개와 폭우를 견뎌내리라 믿어보기로 했다. 그리고 자신이 할 수 있는 최소한의 조치로 화분 간 틈이 거의 없게 바짝 붙여주고 가장자리의 아주 작은 화분들은 창고 처마 밑에 옹기종기 모아놓았다. 손우정은 화분 100개와 하나하나 눈을 맞추며 속삭였다. 우리 살아남자.

자정부터 폭우가 시작되었다. 번개가 번쩍이더니 곧이어 집이 흔들린다 싶을 정도로 가까운 곳에서 하늘이 쪼개지는 소리가 들렸다. 빗줄기가 빽빽이 공간을 그어대는 바람에 창 너머로는 마당이 보이지 않았다. 손우정은 애써 마음을 가라앉히고 책상에 앉아 해외 학회지의 논문을 읽었다. 그리스 신화에서 새로 변해버린 두 자매의 이야기를 성폭력 피해자의 언어 박탈 관점에서 분석한 논문이었다. 여성과 새, 혹은 새로 변신하는 여성의 이야기는 요즘 손우정이 새롭게 몰두하는 연구 주제였다. 아테네의 공주 필로멜라는 언니 프로크네의 남편인 테레우스에게 강간당하고 피해 사실을 고발하지 못하게 혀까지 잘린 후 숲속 성채에 감금당한다. 그러나 필로멜라는 자신의 피해 사실을 옷감에 수놓아 언니에게 전한다. 동생의 고통과 남편의 만행을 알게 된 프로크네는 필로멜라를 탈출시키고 함께 남편을 꼭 닮은 아들 이티스를 죽여 남편에게 복수한다. 사태를 파악한 테레우스가 도끼를 들고 두 자매를 추격하자 자매는 신들에게 살려달라 도움을 청한다. 신들은 자매를 딱히 여겨 필로멜라는 제비로 프로크네는 나이팅게일로 변신시킨다. 손우정은 노트북을 열고 제비와 나이팅게일의 울음소리를 검색해 들어보았다. 창문을 흔드는 천둥소리 사이로 음역대가 다른 작은 새들의 울음이 섞였다. 동영상에서 본 제비 입 속이 피를 머금은 듯 붉었다. 손우정은 혀를 잘린 필로멜라의 고통과 언어를 잃었음에도 옷감에 수를 놓는 방식으로 기어이 언어를 찾아낸 필로멜라의 끈기를 떠올리며 조금 울었다. 천둥소리가 멀어지고 빗소리가 고르게 낮아지며 밤이 기울었다. 손우정은 그 모든 소리에 푹 파묻혀 책상에 엎드린 채 잠이 들었다. 얼마나 잤을까? 똑똑. 누군가 창을 두드렸다. 손우정은 일어나 창문을 열었다. 창이 다 열리기도 전에 가느다란 초록의 손들이 스르르 미끄러져 들어왔다. 덩굴손은 금세 방을 가득 채우며 뻗어나갔다. 역시 번개 맞은 비는 보약인가, 손우정은 생각했다. 마지막으로 뻗어 들어온 줄기 끝에서 빨간 꽃이 돋아났다. 꽃은 나팔 모양으로 탐스럽게 벌어졌고 꽃술이 있을 법한 자리에 혀처럼 매끈하고 길쭉한 것이 쑥 비어져 나왔다. 손우정은 꽃의 말을 들으려고 귀를 쫑긋 세웠다. 나팔꽃의 혀는 초록색이었다. 초록색 혀가 꽃을 떠나 천장 가까이 날아올랐다. 포르르. 그것은 분명 초록색 제비였다. 제비가 손우정의 머리 위를 계속 맴돌았다. 제비가 지찌찢 지찌찢 노래했다. 손우정은 너무 기뻐서 어린애처럼 폴짝폴짝 뛰며 울었다.

어깨가 너무 아파 엎드린 자세 그대로 잠에서 깼을 때 비는 그치었고 창밖도 환히 밝았다. 밤새 폭우가 쏟아진 게 맞나 싶을 정도로 사위가 평온했다. 천둥 번개를 동반한 폭우와 초록 제비의 노래 중 어느 쪽이 꿈이고 어느 쪽이 현실이었을까, 손우정은 확신할 수 없었다. 문득 화분들이 무사한지 궁금해졌다. 손우정은 아직 잠이 덜 깬 몸으로 비틀거리며 일어나 문 쪽으로 향했다. 문 바로 앞에 신록 빛깔의 깃털 하나가 떨어져 있었다. 손우정은 웃으면서 동시에 울고 싶은 기묘한 마음을 느끼며 서둘러 방문을 열었다.

* 각 단락의 소제목은 국립중앙박물관 특별전 〈아라비아의 길—사우디아라비아의 역사와 문화〉(2017. 5. 9.~8. 27.)에 전시된 묘비명에서 빌려왔음을 알립니다.

얼굴

너는 기차에 타고 있다. 옆자리에는 아빠가 잠들어 있다. 서울에 간다는 말을 들었지만 엄마나 언니, 동생이 없는 걸 보면 놀러 가는 길은 아닌 것 같다. 너는 차창 너머 일정한 속도로 스쳐 가는 바깥 풍경을 보고 있다. 유리 너머에는 푸른 밭이 휙! 주황색 슬레이트 지붕의 농가가 휙! 부드러운 능선이 휙! 어린 너의 눈망울에 새겨질 틈도 주지 않고 무정하게 지나간다. 너는 아예 창 쪽으로 몸을 틀고 창턱에 손을 올린 채 바깥 보기에 집중한다. 순간 기차는 터널에 들어서고 훅! 조도가 달라지며 지금껏 바깥을 보여주던 유리창은 순식간에 검은 거울이 되어 네 얼굴을 비춘다. 빠앙! 기적 소리가 우연한 방점이 되어 준다. 바퀴와 레일이 마찰하는 소리가 귀를 찢어발기는 것 같다. 너는 코앞에 나타난 네 얼굴을 보고 겁에

질리고 만다. 짧게 자른 바가지머리, 겁먹은 동그란 눈, 벌어질까 말까 고민하는 작은 입이 창백한 얼굴에 뚫린 검은 구멍이 되어 유리창을 집요하게 붙들고 있다. 너는 얼른 뒤를 돌아본다. 아빠는 여전히 무심한 얼굴로 잠들어 있다. 너는 혼자 세계의 수상한 구멍에 빠진 것 같은 두려움을 느낀다. 다섯 살, 혹은 여섯 살이었을 것이다. 그림자 색 얼굴이 입 모양으로 말한다. 안녕. 기차는 어느새 환한 바깥으로 빠져나왔고 차창에 더는 네 얼굴이 비치지 않는다. 너는 그날 검은 터널에 얼굴을 뜯겼다.

이주혜

소설집 《그 고양이의 이름은 길다》 《누의 자리》, 경장편소설 《자두》, 산문집 《눈물을 심어본 적 있는 당신에게》가 있다.

정선임

아직은 고양이

"아무래도 은재가 변한 거 같아."

수진이 이 말을 처음 꺼냈을 때, 우리는 책방 앞 목련나무 아래 벤치에 나란히 앉아 있었다. 머리 위로 뚝뚝 떨어지는 노랗게 변해버린 꽃잎을 털어내며. 다음 주면 입하였다. 바닥에 이미 떨어진 꽃잎이 수북했고 나뭇가지에는 활짝 피다 못해 축 늘어진 목련 몇 송이만 남았다.

나는 수진의 말이 귀에 들어오지 않았다. 왜냐하면 상큼한 연둣빛 커버의 시집에 초점을 맞추고 앙상하게 남은 가지를 아웃포커싱한 뒤 사진을 찍는 일에 골몰해 있었으니까.

목련이 뚝뚝. 봄이 가기 전에, 꽃이 다 지기 전에 책방에 들러주세요.

#마지막잎새아닌마지막목련 #목련책방 #곧여름 #여름은독서의계절

책방 계정에 게시물을 올린 뒤 반응을 살폈다. 조회 수와 좋아요, 팔로워 수는 꾸준히 늘고 있었다. 그런데 왜 손님은 오지 않을까. 처음 책방을 시작할 땐 그냥 먹고살 만큼만 벌면 되지, 라는 안이함이 있었다. 그러나 1년도 되지 않아 통장 잔액이 바닥났다. 얼마 남지 않은 퇴직금 일부로는 주식을 샀다. 매일 시세를 살필 때마다 기분도 함께 오르락내리락했다. 주식 창은 며칠째 파랬다. 목련이고 매상이고 주식이고 모든 것이 다 떨어지는 나날이 계속되고 있었다.
은재는 수진의 일곱 번째 남자 친구였다. 나는 나름 업무 중이었고 남의 연애사를 들어줄 여유가 없어 심상하게 대꾸했다.

"연애하다 보면 다 그렇지 뭐."

"그런 게 아니야."

수진은 고개를 저었다. 그러곤 주위를 둘러보다 속삭였다.

"은재가 고양이로 변한 거 같아."

이건 또 무슨 신박한 이야기인가. '만약에 내가 바퀴벌레로 변하면 어떻게 할 거야?'와 비슷한 계보의 질문인 건가.

"뭐로 변했다고?"

"고양이."

수진은 한 글자 한 글자 힘주어 발음했다. 우리는 초중고를 함께 다녔다. 서로 다른 대학에 진학했고 취업을 하고도 간간이 만남을 이어왔지만 어느 순간 소원해졌다. 다시 만난 건 1년 전, 책방 오픈 준비를 하다가 목련나무 아래 앉아 쉬고 있을 때였다. 꽃이 다 떨어지고 연두색 잎만 무성할 무렵, 함께 스쿠터를 타고 지나가던 커플과 눈이 마주쳤다. 스쿠터는 그대로 지나가나 싶더니 멈춰 섰다. 남자의 허리를 감고 있던 여자가 내리더니 헬멧을 쓴 채 다가왔다. 수진이었다. 수진은 내 손을 덥석 잡더니 흔들었다. 오른팔을 쭉 뻗더니 책방 위쪽으로 이어지는 언덕 너머를 가리켰다. 거기 있는 빌라에 5년째 살고 있다고 했다. 수진은 직장을 그만두고 2년째 시나리오를 쓰고 있다며 근황을 밝히더니 스쿠터 앞에 서 있는 남자를 가리켰다. "은재도 며칠 전에 이사 왔어. 우리 집으로." 은재는 가까이 오지 않고 고개를 가볍게 숙여 인사했다. 수진과 내가 대화를 계속하자 나무 아래 서 있는 우리 곁으로 다가왔다. 조금씩 천천히 마치 고양이처럼.

"의심스럽긴 했어. 나 그때도 고양이 소리를 들었거든."

수진이 말한 '그때'란 수진과 은재가 미술관에서 처음 만난 날을 의미했다. 수진은 미술관 홍보팀에서 일하던 선배의 제의로 미술관 투어 가이드 원고를 작성하는 아르바이트를 하게 됐다. 전문적인 미술지식이 담긴 기존의 오디오 가이드와 달리 화가와 작품에 얽힌 재미있는 일화를 소개하고, 인지도 있는 배우와 셀럽들을 해설로 참여시켜 미술관 문턱을 낮추자는 취지였다. 수진은 취재를 위해 전시장을 찾았다. 그림과 설치 작품들은 아직 자리를 잡지 못하고 벽에 기대어 있거나 널브러져 있었다. 인부들 틈에서 겨우 찾아낸 학예관이 두서없이 얘기해 주는 화가의 생애를 받아 적었다. 마흔 살의 나이에 요절한 작가로 생전에는 주목받지 못해 기록도 얼마 없었다. 그래도 미술을 좀 아는 사람들과 선후배 사이에서는 인정받고 회자되는 작품을 남겼다고 했다. 화가의 비극적인 생애가 한 드라마를 통해 알려지면서 갑자기 주목받게 된 것이다. 투어 가이드에는 관람 동선이 들어가야 했다. 예를 들면 관람객에게 왼쪽이나, 오른쪽으로, 혹은 중앙으로 움직여 작품을 감상하도록 안내하는 것이다. 그러므로 전시 순서가 제대로 정해지지 않은 상황에서 원고를 완성하기는 무리였다. 학예관은 사흘 후부터는 동선을 체크할 수 있을 거라고 했다.

수진이 미술관을 다시 찾은 그날은 공교롭게도 일요일이었고 관계자들 없이 경비원뿐이었다. 수진은 자신이 관계자임을 어렵게 증명한 뒤에야 휴대전화와 가방을 맡기고 전시실 안으로 들어갈 수 있었다. 동선을 파악한 뒤 들어왔던 입구를 찾았지만, 문이 굳게 닫혀 있었다. 철문을 두드리고 흔들기도 했지만 아무런 반응이 없었다. 두려운 와중에도 최소 몇백만 원에서 몇천만 원까지 호가한다는 작품들에 몸이 닿지 않도록 주의했다. 누군가 CCTV로 지켜보고 있길 바라며 깜박이는 불빛을 향해 애타게 손을 흔들었다. 마름모꼴의 이국적인 철제 장식이 달린 창밖으로 미술관 앞에 있는 분수대가 보였다. 아직 이른 봄이라 물을 뿜지 않고 있었다.

그때 어디선가 고양이 울음소리와 발톱 긁는 소리가 들리더니 뒤이어 입구 문이 열렸다. 문을 열어준 사람은 경비원이 아닌 은재였다. 은재는 아마도 경비원이 깜박하고 문을 잠근 채 밥을 먹으러 간 모양이라고, 괜찮냐며 걱정스럽게 물었다. 잠깐의 대화를 통해 은재가 대학에서 회화를 전공했고 큐레이터로 인턴 실습 중임을 알게 됐다. 그 뒤로 원고에 대한 도움을 받을 겸 연락을 주고받았다. 은재는 이번 전시를 탐탁지 않아 했다. 생전에 화가의 성정을 생각하면 이렇게 화려한 전시를 좋아하지 않았을 거라고. 마치 화가를 만나본 것처럼 말하더니 수진에게 당부했다. "이런 말은 쓰면 안 돼요"라고. 분수대가 물을 뿜을 즈음 그들은 같이 살기 시작했다.

수진은 눈을 반짝이며 운명적인 만남을 강조했다. 맞아, 박수진은 이런 애였지라는 걸 새삼 깨달았다. 항상 연애 중이거나 사랑에 빠져 있던 아이. 이야기를 들려주려고 맨 앞자리에서 뒷자리에 앉아 있던 나를 불쑥 찾아오던 아이. 현실과 상상의 경계가 모호해 당황할 때도 많았지만 나는 열심히 대꾸해 주었다. 나는 수진의 이야기를 듣는 게 좋았다. 읽고 있으면 유치해서 한심하긴 하지만 결말을 알고 싶어 덮기 힘든 책처럼. 오랜만에 만나도 변함없는 수진의 모습은 꽤 길었던 시간의 공백을 뛰어넘을 수 있게 해줬다.

내가 믿어주지 않자 수진은 은재가 고양이로 변했다는 정황들을 이것저것 늘어놓기 시작했다.

"일단 잠을 너무 많이 자."

"원래 그렇게 부지런한 타입은 아니지 않아?"

"저번에는 〈동물농장〉을 보다가 내가 다음 생에는 고양이로 태어나야지 했거든. 고양이가 편한 거

같아서, 라고 하니까 뭐라고 한 줄 알아?"

내 대답을 기다리지 않고 수진은 말을 이어갔다.

"은재가 한숨을 푹 쉬더니 고양이도 사는 거 힘들어, 라고 하는 거야. 이상하지? 자기가 마치 고양이로 살아본 것처럼."

대단한 얘기가 나오나 싶어 한껏 기대했던 나도 한숨을 푹 쉬었다.

"그리고 딱딱했던 발바닥도 말랑말랑 부드러워졌다고."

"굳은살 제거를 열심히 했나 보네."

"어디서 뒹굴다 오는지 나뭇잎을 달고 와. 자꾸 옷장에 들어가고, 높은 데도 잘 올라가."

"꼬리는 아직 안 생긴 거지?"

내가 놀리려고 한 질문의 의도를 모르는지 수진은 진지하게 고개를 끄덕였다.

"아직은."

그러더니 은재의 목덜미를 살살 간질이면 머리를 비비면서 몸을 배배 꼰다고 했다. 기분이 좋으면 누워서 배를 보여주고 혀로 자꾸 핥아주는데 까슬까슬

하다고.

"박수진, 너 지금 자랑하는 거지."

상기된 얼굴로 쏟아내는 수진의 말을 막고 물었다.

"혹시 밤이 되면 사라져?"

"어떻게 알았어?"

수진이 눈을 동그랗게 떴다. 그렇게 안 봤는데 바람이라도 난 걸까. 기척 없이 유연한 은재의 몸짓이 생각났다. 처음 만난 날 경계하듯 움츠리고 낯을 가리던 모습도. 은재는 목련나무 꼭대기 위에 뭔가 있다는 듯이 한참 바라보더니 물었다.

"여기가 원래 어떤 곳이었는지 알아요?"

수진이 가끔 지나다닐 때마다 보면 비어 있었다고 했다. 계약서를 쓰던 날, 집주인 할머니는 결혼은 했냐고 묻더니 나처럼 혼자 사는 여자가 한동안 살았고 잘돼서 나갔다고 했다. 가끔 손님들이 찾아와 책방을 둘러보다 혼잣말처럼 중얼거렸다. "여기가 이렇게 됐네." 원래 어떤 곳이었는지 내가 물어보면 본래는 빵집이었다는 사람도 있었고 꽃집이나 오뎅바로 기억하는 사람도 있었다. 만화방이었다고 하는 사람도 있었는데 그들의 공통점이 있다면 혼자 사는 여자가 고양이를 키웠었지, 라고 말하면서 말끝을 묘하게 흐린다는 점이었다.

나는 은재가 그리 마음에 들지 않았다. 1년 내내 검은 옷을 입는 것도 어두워 보였고, 수진이 우아하다고 하는 은재의 조용한 몸짓도 어딘가 음흉해 보였다. 나는 수진이 남자보다는 자기 일에 더 몰두하기를 바랐다.

"전에 공모전에 냈던 시나리오는 어떻게 됐어?"

공모전에는 떨어졌지만, 수진의 시나리오를 재밌게 봤다며 한 프로덕션에서 연락이 왔다고 했다.

"주인공을 남자로 하고 결말을 바꿔달래."

"바꿔줘."

"그렇게 되면 달라지잖아."

"일단 시작하는 게 중요하지."

"하나씩 요구 사항 들어주다 보면 끝도 없을걸."

"그건 오만한 거야. 수진아."

실은 나한테 해주고 싶은 말이었다. 책방을 열게 되면 재밌게 읽은 책만을 팔겠다는 신념이 있었다.

그러나 개업한 이래 책을 한 권도 제대로 읽지 못했다. 인스타와 트위터, 페이스북 등 모든 SNS 계정에 어떻게 예쁜 책 사진을 올릴까만 고민하다 잘 팔릴 법한 책들의 추천사나 해설 중 일부를 발췌해 올렸다. 수진과 은재도 나와 비슷한 처지였다. 내가 책 대신 휴대전화만 들여다보고 있듯 수진은 온갖 아르바이트를 하느라 시나리오를 쓸 시간이 없었고 은재도 미술관에서 인턴 업무를 하느라 그림을 그리지 못했다.

아르바이트 시간이 되었다며 수진이 일어선 뒤에도 손님은 한 명도 없었다. 책방을 계약한 건 이 목련나무 때문이었다. 그날도 야근을 마치고 지하철을 잘못 타는 바람에 반대로 내렸다. 막차였고, 택시는 잡히지 않았다. 이 벤치에 앉아 고개를 젖히니 붓을 닮은 꽃눈이 가지마다 전구를 매달아 놓은 것처럼 영롱하게 빛나고 있었다. 목련이 피고 지는 것을 보면서 살고 싶다고 생각했다. 그런 일은 반복돼도 지겹지 않을 것 같았다. 택시가 잡힐 때까지 기다리는 나를 지켜봐 주는 듯해 무섭지 않고 든든했다. 목련나무 바로 옆 건물에 비어 있는 가게가 눈에 들어왔고 문 앞에 붙어 있는 임대 문의 전화번호를 입력했다.

알고 보니 목련나무는 꽃보다는 고양이로 유명했다. 고양이들이 열리는 거 아닌가 싶을 정도로 주변에는 항상 고양이들이 있었고 기존의 고양이들이 떠나면 어디선가 새로운 고양이들이 끊임없이 나타난다고 했다. 오늘은 고등어 한 마리, 턱시도 두 마리, 그리고 치즈 두 마리가 뒹굴뒹굴 놀고 있었다. 책방 입간판과 고양이들에 초점을 맞춰 찍은 뒤 올렸다. '책방과 고양이'라는 무해하고도 귀여운 조합을 사람들은 꽤 좋아했다.

역시나 게시물을 올리자마자 빠른 속도로 좋아요 숫자가 늘어나고 '귀엽다'는 감탄과 함께 댓글이 달렸다. 답글을 달다가 고개를 들어보니 주인집 할머니가 걸어오는 것이 보였다. 벌써 행차 시간인가. 주인집 할머니는 매일 점심을 먹은 뒤 동네를 한 바퀴 돌았다. 이 일대 웬만한 건물은 다 할머니 소유라는 사실을 알게 된 뒤 산책보다 행차라는 말이 더 어울리

겠단 생각이 들었다. 할머니가 다가오자 나무 아래 고양이들이 순식간에 흩어졌다. 할머니는 인자한 얼굴로 "요즘 고양이가 부쩍 많아진 것 같지?"라며 말을 붙여왔다. 참, 귀엽죠?라고 대답하려는 순간 할머니가 "그래서 문제야, 너무 많아"라며 혀를 끌끌 찼다. 나는 어색하게 웃으며 발끝으로 고양이 밥그릇과 물그릇을 수풀 사이로 숨겼다.

"고양이가 왜 자꾸만 늘어나는 거지."

할머니는 혼잣말하듯 중얼거리며 목련나무 주변을 살폈다. 마치 나무에게 책임이 있다는 듯이.

"먹이 같은 거 주지 말고. 그런 거에 정 주면 결혼 못 해."

나는 할머니 심기를 거스르고 싶지 않았다. 권리금 없이 월세가 이만큼 싼 곳이 어디 흔하겠는가. 할머니가 멀어질 때까지 공손하게 인사를 하고 허리를 폈는데 우듬지에서 내려다보는 시선이 느껴졌다. 올려다보니 몸집이 커다란 검은 고양이가 나무 꼭대기에 앉아 있었다. 워낙 까매서 눈을 감은 건지 뜬 건지 알 수 없었다. 근방에서 못 보던 녀석인데 언제부터 저기 있었지? 내가 인사하듯 손을 흔들자 고양이는 훌쩍 뛰어내렸다. 그나마 몇 개 남아 있지 않았던 목련 꽃송이가 함께 떨어졌다. 고양이는 나를 지그시 쳐다보더니 언덕 쪽으로 뛰어갔고 이내 보이지 않았다.

∞

꽃이 모두 지고 나자 목련나무에는 연두색 잎이 돋았고 날마다 우거졌다. 울창한 그늘에서 김밥을 먹는 중이었다. 고양이들이 달려들었고 그 모습을 찍어 #냥아치들 태그를 달아 스토리에 올렸다. 왜 팔로워 수가 늘어나도 손님은 늘지 않을까. 이제 여름방학과 휴가가 시작될 텐데. 사람들은 과연 휴가 때 책을 읽을까. 여름밤에는 늦게까지 문을 열어야 하나 고민하고 있었다. "책방 열었나요?" 누군가 다가와 물었다. 손님이다. 먹던 김밥을 은박지에 말아놓고 일어나 책방으로 안내했다.

"어서 오세요. 천천히 보시고 필요한 것 있으면

얘기해 주세요."

책방 구석구석을 구경하던 손님이 카운터 겸 작은 책상에 앉아 있는 나에게 성큼성큼 다가왔다.

"이거 돈 벌려고 하는 일은 아니죠?"

나는 좀 당황했지만 이내 대꾸했다.

"아닌데요. 아파트 사려고 하는 건데요."

뜻밖의 대답이었는지 손님은 당황해 "취미로 하시는 줄 알았네요"라며 말끝을 흐렸다. 그러고는 책을 한 권도 사지 않고 가버렸다.

왠지 분한 마음이 되어 남은 김밥을 욱여넣고 꼭꼭 씹어 먹었다. 돈을 많이 벌려고 시작한 일은 아니니 틀린 말도 아닌데 왜 나는 수치심을 느꼈을까. 너무 한가하게 운영하는 걸로 보이나. 다른 책방의 SNS를 염탐하듯 살펴봤다. 그래서 수진이 코앞에 다가온 사실도 몰랐다. 수진은 비닐봉지를 내밀었다. 캔 맥주가 가득 담겨 있었다. 안 그래도 요즘 뜸하다고 생각하던 참이었다. 수진이 하는 일은 대부분 재택 아르바이트였고 한 달에 두 번쯤 출근했다. 그렇게 집 밖으로 나올 때면 나에게 불쑥 찾아와 말을 걸었다. 맥주라든가 아이스크림 같은 것을 들고 와서 먹고 마시며.

"은재가 쥐라도 잡아 왔어?"

농담이랍시고 한 말에 수진의 눈에서 후드득 눈물이 떨어졌다.

"싸우기라도 했어?"

"은재가 사라졌어. 사흘째 집에 들어오질 않아."

한숨을 내쉬며 말하는데 희미하게 술 내음이 풍겼다. 이미 많이 마시다 온 것 같았다. 이은재, 잠수 이별이라도 한 건가. 마음에 들지는 않았지만 그렇게 최악으로는 안 보였는데. 그렇게 생각하면서도 수진을 진정시키려고 일부러 모질게 말했다.

"그런 새끼는 잊어버려. 개새끼네."

"고양이라니까."

"알았어. 냥아치네."

수진은 울음은 멈췄지만 걱정을 시작했다.

"사고라도 당한 거면 어떡해? 교통사고라든가. 싸워서 다치거나 이상한 거라도 주워 먹고. 밥은 먹고 다니는 걸까."

"은재가 애냐?"

"고양이라니까."

"미술관에 출근은 할 거 아냐?"

"큐레이터 일 그만뒀어. 아니 잘렸어. 은재가 전시 작품에 손을 댔어."

손을 대다니. 훔쳤다는 걸까. 훼손했다는 걸까. 수진은 학예관이 작품 앞에서 전시 기획 의도에 관해 설명하고 있었는데 은재가 갑자기 손을 쭉 뻗었다고 했다.

"자꾸 작품에 손을 대고 싶은 마음이 드는데 그걸 억제할 수가 없었대. 어떻게 겨우겨우 참았는데 일주일 전에는 기어코 손으로 톡, 하고 밀어버렸나 봐. 그것도 학예관님 눈을 빤히 쳐다보면서."

주전자 형태의 작품이었는데 전시대에서 떨어져서 구석까지 데굴데굴 굴러갔다. 청동이라 다행히 깨지지는 않았다. 약간 찌그러지긴 했지만, 이라고 수진은 작게 덧붙였다. 은재는 인턴을 끝내고 곧 정규직으로 채용될 수 있을 거라고 했었다. 나는 그즈음 아무것도 이룬 것 없이 가능성만 남아 있는 삶이 좀 지겨운 상태였다. 그 가능성이란 게 더 나은 쪽으로 나아가는 걸 수도 있지만 생각해 보면 한없이 더 나빠질 수도 있다는 뜻이니까.

"차라리 잘됐다. 헤어져."

수진의 연애 패턴은 비슷했는데 이별할 때면 헤어지지 않겠다고 매달리는 쪽이었다. 상대방에게 여러 가지 문제가 있었을 때조차도. 타인이 보기에 무책임하거나 폭력적이거나 무능하고 상식이 부족한 상대여도 수진은 먼저 헤어지자는 법 없이 늘 영원한 사랑을 꿈꿨다. 남자 보는 눈도 그 같은 연애 방식도 변하지 않았나 보다.

"그런데 너는 은재가 정말 고양이여도 괜찮아?"

"괜찮지. 은재인데. 어떻게 변해도 은재잖아."

수진이 그럴 때마다 이 시대에 보기 드문 순애보라고 비웃으면서도 한편으로 부러운 마음도 들었는데 그 이유는 몰랐다. 낮술에 취기가 올랐고 잊어버렸던 꿈이 떠올랐다. 지금은 내용이 기억이 나질 않지만 어떤 책 제목처럼 나는 시간이 아주 많은 어른이 되고 싶었다는 걸. 소중한 사람의 말에 언제나 귀

기울여 주고 어디든지 동행할 수 있는 사람. 한자리에서 누군가를 오래 바라보고 변함없이 기다려주는 사람. 입시만 끝나면, 취업만 되면 그렇게 살겠다고 다짐했었다. 그리고 어쩌면 책방을 열게 되면 그렇게 살 수 있으리라 생각했던 건지도 모른다.

"은재든, 고양이든 같이 찾으러 가자."

수진은 내가 적극적으로 나서자 당황하면서도 신이 난 듯했다. 일단 충동적으로 내뱉긴 했는데 어디서부터 시작해야 할지 막막했다.

"그런데 은재를 어떻게 알아봐?"

"발톱에 매니큐어를 발라뒀어."

이거랑 같은 색이라며 자기 발을 가리켰다. 수진은 플립플랍을 신고 있었는데 열 개의 발톱 모두 은색의 반짝이 펄 매니큐어가 곱게 발려 있었다. 수진은 동네 고양이 발톱을 하나하나 확인해 볼 작정인 듯했다. 나는 내 말을 주워 담고 싶었지만 한숨을 쉬고 책방 문 앞에 잠깐 자리를 비운다는 내용과 연락처가 담긴 메모를 붙였다. 그때 수진이 무언가를 보고 놀란 듯 눈을 크게 뜨더니 황급히 나무 위쪽을 가리켰다. 몸을 돌려보니 검은 고양이가 앉아 있었다.

"재 또 왔네. 한 달 전부터인가 자주 오더라."

"은재야. 은재."

"어떻게 알아?"

"은재 머리 모양이랑 똑같아. 리프 커트. 그리고 눈이 호박색이잖아."

수진은 손을 크게 흔들었다.

"은재야, 나야."

수진이 외쳤더니 고양이는 훌쩍 뛰어내려 달아났다. 수진은 무작정 쫓아가기 시작했다. '이건 아닌 거 같은데'라는 생각을 하면서도 나도 덩달아 뛰고 있었다.

"은재가 아무리 고양이가 됐어도 널 보고 도망가겠어?"

"고양이가 되면 본능적으로 그렇게 행동하지 않을까?"

오랜만에 숨이 차도록 뛰니 토할 것 같았다. 고양이는 막다른 골목에서 사라졌다. 골목에는 트럭이 한 대 세워져 있었다. 나보다 일찍 도착한 수진이 저 안으로 들어갔다며 그 트럭의 짐칸을 가리켰다. 짐칸에는 인디언 텐트가 설치되어 있었다. 입구에는 '사주와 타로'라고 손 글씨로 성의 없이 적어 붙여놓은 종이가 바람에 펄럭였다. 사다리 계단을 이용해 텐트 안으로 들어가자 흰머리와 검은 머리가 반반씩 뒤섞여 있는 머리를 곱게 묶은 남자가 테이블 앞에 앉아 있었다. 타로마스터인 듯했다. 그리고 그 곁에 검은 고양이가 마스터의 손길을 느끼며 식빵 굽는 자세로 골골거렸다. 수진이 성급하게 다가서려 해서 내가 제지하고 물었다.

"키우시는 고양이인가요?"

"오늘 처음 봤는데."

반말은 별로라는 생각이 들었지만 아쉬운 건 우리 쪽이었다.

"저희가 고양이를 찾고 있는데 한번 확인해 봐도 될까요?"

타로마스터는 고개를 끄덕였다. 정중하게 인사를 한 뒤 내가 뒤에서 고양이를 안고 수진이 말랑말랑한 발바닥을 꾹 눌렀다. 발톱이 튀어나왔다. 매니큐어가 칠해져 있지 않았다. 수진이 아쉬운 듯 한숨을 쉬었다. 내가 "미안"이라고 말하며 버둥거리는 고양이를 놓아주었다. 굴욕적이라 느꼈는지, 분이 안 풀렸는지 고양이는 우리 주위를 돌며 한동안 냥냥거렸다. 나는 그사이 술이 깼고 수치심이 몰려왔다. '돈 벌려고 하는 거 아니죠?'라고 손님이 물었을 때와 비슷한 종류였는데 분하지는 않았다. 머쓱해져서는 이제 타로라도 보고 가야 예의일까? 생각하고 있는데 타로마스터가 수진을 보더니 말했다.

"남자가 변했군."

눈치를 줬지만 수진은 이미 솔깃해서 의자를 당겨 앉았다. 나는 수진의 귀에 속삭였다.

"은재가 고양이로 변했다는 말은 하지 마."

수진은 고개를 끄덕였다. 타로마스터는 카드를 펼쳤다.

"외양이 변했지만 마음은 그대로야. 어떻게 해결하면 좋을까? 여기서 한 장 뽑아봐."

수진이 고른 카드는 마을 그림이었는데 그중에 한 집에만 불이 켜져 있었다.

"사정이 생긴 것 같으니 기다려줘. 영원히 함께하고 싶다면 버려야 할 것이 생길 거야."

저런 말을 누가 못 하냐는 생각으로 듣고 있는데 수진은 연신 고개를 끄덕이더니 만 원을 냈다. 가려고 일어서는데 타로마스터가 이번에는 나에게 말을 건넸다.

"좋아하는 일을 계속하려면 다른 데서 돈을 벌어야 할 것 같은데. 한 장 골라봐."

나도 모르게 크게 고개를 끄덕이며 의자를 당겨 앉아 신중하게 카드 한 장을 골랐다. 내가 고른 카드는 홀로 고개를 숙인 사람이 군중과는 떨어져 서 있는 그림이었다.

"돈을 벌 가능성이 보여. 자질이 있어. 이쪽보다는."

타로마스터는 수진을 힐긋 보며 말했다. 그거야 누가 봐도 그렇게 보일 거다.

"타협할 필요가 있겠는데."

그러더니 종이를 꺼내 글자를 적어주었다.

"읽어봐."

두 글자였다. 내가 쉽사리 입을 떼지 못하고 있으

니 타로마스터가 재촉했다. 마지못해 소리 내 읽었다.

"순응."

"알았지? 오늘부터 마음에 새겨. 이러면 돈 벌 수 있어."

타로마스터는 종이쪽지를 건네줬고 나는 만 원을 건넸다. 수진은 순순히 빌라로 돌아갔다. 책방에 도착하자 어둑어둑했다. 오늘은 그냥 공치는 날이구나. 목련나무 아래 고양이들이 옹기종기 앉아 있었다. 나무에는 종이가 한 장 붙어 있었다. 빨간색 매직으로 휘갈겨 쓴 글씨.

고양이에게 밥을 주지 마십시오.

고양이들은 빙 둘러앉아 바람에 나부끼는 종이를 앞발로 건드려보고 있었다. 나는 그걸 떼서 구겨버렸다. 그사이 수진에게 문자가 와 있었다.

—은재가 정말 집에 와 있었어.

신나서 방방 뛰는 이모티콘을 보며 피식 웃었다. 문자를 남겼다.

—잘됐네. 다행이야. 이제 싸우지 말고 잘 지내.

그나저나 진짜 용한가 보다. 주머니에서 쪽지를 꺼내 적힌 글자를 다시금 소리 내어 읽어봤다. 순응.

∞

책방 계정의 팔로워 수가 배로 늘었다. 며칠 전 마스크로 가렸지만 한눈에 보기에도 범상치 않은 외모의 손님이 다녀갔다. 요즘 뜨고 있는 아이돌 그룹의 멤버라는 것을 나중에 알게 됐다. 고맙게도 구매한 책 인증 사진을 찍고 책방 계정을 태그해서 올려줬다. 한동안 그 책만 팔렸다. 한꺼번에 그 책만 여러 권 사 가는 사람도 있었다. 그 덕에 골치 아픈 일도 생겼다. 책방에 혹시라도 그 아이돌이 다시 올까, 얼굴이라도 한번 보려고 죽치고 있는 사람들이 생겼다.

인증 사진만 찍을 뿐 판매로 이어지지는 않았다. 책을 마구 뒤적이고 음료수를 들고 와서 책 위에 올려놓기도 했다. 최대한 정중하게 요청해도 책방 주인이 까다롭다는 리뷰가 올라왔다.

이례적인 긴 장마가 시작되어 손님이 그나마도 오지 않는 날이 계속됐다. 하수구가 역류하는 일도 있었고 택배로 도착한 책이 젖어 반품하기도 했다. 축축한 날씨만큼 불쾌한 나날이었다. 모처럼 해가 나서 간신히 목련나무 아래 앉아 있을 수 있었다. 용감하게 들이대는 고양이들을 물리치면서 김밥을 먹었다. 그러다 수진을 본 지 오래됐다는 생각이 들었다. 문자라도 보내볼까. 그사이 수진의 카톡 프로필이 검은 고양이와 함께 다정하게 찍은 사진으로 바뀌었다. 수진은 활짝 웃고 있었다.

—고양이 키워?

—은재잖아.

매니큐어가 칠해진 발톱 사진까지 보냈다. 까만

솜뭉치 속에서 은색 발톱이 반짝였다. 그날, 은재는 현관문 앞에서 수진을 얌전히 기다리고 있었다고 했다. 나는 은재가 끝내 돌아오지 않은 거라고 생각했다. 수진의 입장에서는 저렇게 생각하는 편이 마음 편할 거다. 그리고 수진의 일곱 번째 연애가 이렇게 끝났다고 내 맘대로 결론을 내렸다. 수진은 그동안 은재 곁에 있느라 집에서 나가지 않았다고 했다. 아르바이트도 모두 재택근무로 바꿨다고.

—은재 코가 엄청 촉촉해.

—비가 오니까 은재가 나가지 않고 내 곁에만 있어.

—은재 말이야. 얼마나 멋있는지 몰라. 털에 윤기도 흐르고.

은재에 대한 자랑이 연달아 도착했다. 수진이 행복하면 됐다고 생각하고 있는데 얼마 있지 않아 수진이 아이스크림을 들고 왔다. 메고 온 배낭에 깃털 달린 낚싯대가 삐쭉 나와 있어 고양이들이 몰려와 자꾸 건드렸다. 수진은 손을 휘휘 저으며 말했다.

"우리 은재 거야. 건드리지 마."

캣타워도 주문했다는 수진에게 물었다.

"중성화는 시켰어? 그래야 안 나갈 텐데."

"고양이 대하듯 하지 마. 은재는 사람이라고."

"저번에는 고양이라더니."

은재가 고양이가 되니 다 좋은데 유난히 물을 싫어해서 씻기는 일이 어렵다고 했다.

"씻지 않아도 깨끗하긴 해. 좋은 냄새만 나고."

"오죽하겠니."

장마가 길어지다 보니 귀한 해가 비출 때는 나와 뛰어노는 고양이들이 부쩍 늘었다. 수진은 부러운 듯 쳐다봤다.

"나도 햇볕 아래서 놀고 싶다. 은재랑 온종일 서로 핥아주면서."

집에서 나오지도 못하고 온갖 아르바이트를 하느라 수진의 얼굴이 노랗게 떴다. 수진은 배낭에서 시나리오 뭉치를 꺼냈다. 몇 장 넘겨보니 빨간 펜으로 여기저기 수정이 가해져 있다.

"이제는 이게 누구 이야기인지 모르겠어."

돈만 벌려고 쓴 건 아닌데. 작게 중얼거리는 수진의 얼굴이 조금 슬퍼 보였다. 고양이 낚싯대를 달랑거리며 집으로 돌아간 수진은 다음 날, 고양이 이동장을 들고 나타났다.

"은재랑 같이 왔어?"

나는 반색하며 다가갔지만, 이동장 안은 텅 비어 있었다.

"또 사라졌어."

수진이 힘없이 말했다. 중성화 수술을 하러 병원에 가는 길이었는데 도망가 버렸다고 했다.

"내 잘못이야. 밤 외출도 시키지 않고 가둬놨거든."

"그게 맞잖아. 사고라도 당하면 어쩌려고."

은재는 외출했다 들어오면 새나 쥐를 잡아 오기도 하고 다른 고양이들과 세력 다툼을 하다가 상처를 입고 왔다.

"그런데 무엇보다 여전히 나를 사랑할까, 다른 고양이를 핥아주는 건 아닐까 하는 의심이 드는 거야. 그래서 미치겠어."

은재는 이리저리 몸을 구르며 배를 보여주고, 방 전체가 잘 보이는 높은 곳으로 올라가 수진을 뚫어지게 바라보고, 머리를 비비며 자신의 냄새를 수시로 묻혔다. 수진이 은재야, 하고 몇 번이나 불러도 못 들은 척하고 있다가 손만 대면 스르르 쓰러져 품 안으로 파고들 때의 행복에 대해서 수진은 얘기했다. 그런 행복이 사라질까 봐 두려워 수진은 은재가 창밖을 못 보게 아예 막아버렸다. 고양이가 좋아하는 유튜브 영상을 틀어주고 간식으로 관심을 돌렸다. 자책하듯 말하는 수진의 페디큐어가 벗겨져 있었다. 은재의 것도 이미 벗겨졌겠지. 도로 칠해주었을까.

"그래도 사람인 게 좀 더 낫지 않을까. 은재보고 그만 돌아오라고 해."

나는 애써 밝게 말했다. 돌아올 거라고 믿지 않으면서 반드시 돌아올 거라고 위로해 주었다. 수진은 카오스 한 마리가 가까이 다가오자 "처음 보는 애네"라며 츄르를 꺼내 건넸다. 경계심이 강한 고양이는 앞발로 연달아 펀치를 날리더니 수진의 손가락을 꽉 물어버렸다. 수진이 비명을 지르며 손가락을 움켜

잡았다. 고양이 이빨이 남긴 작은 구멍에서 피가 퐁퐁 솟았다. 빨리 병원에 가자는 내 말을 듣지 못했는지 손가락을 꼭 움켜쥔 채 수진이 말했다. 마치 기도하듯이, 아니 선언하듯이.

"나도 고양이가 되고 싶어."

∞

은재는 돌아오지 않았다. 수진은 은재가 사라진 뒤로, 아니 은재로 추정되는 고양이가 사라진 뒤로 잠만 잤다. 아르바이트도 모두 그만둔 듯했다. 이대로는 안 될 것 같아 나는 수진을 밖으로 불러내려고 시도했다. 대신 책방을 봐달라고 부르기도 했고 과일을 너무 많이 샀다고 반씩 나누자고도 했다. 그래도 나오질 않았다. 오늘은 책방 앞에 은재를 닮은 검은 고양이가 출몰했다는 거짓 문자를 보냈다. 치트키를 썼음에도 오리라 기대했던 수진이 보이지 않았다. 왜 안 오지. 또 자는 걸까. 그때 나뭇잎 하나가 머리 위로 떨어졌다. 올려다보니 수진이었다. 목련나무

중턱, 초록색으로 짙어지고 넓어진 잎사귀들 사이에 기척도 없이 웅크리고 있었다. 나는 기겁을 하며 놀랐다.

"깜짝이야. 거기 어떻게 올라갔어?"

"나도 몰라."

"내려올 수 있겠어?"

수진이 자신 없이 고개를 흔들었다.

"내려가지는 못해."

나는 책방에서 쓰는 사다리를 들고 왔다. 내가 올라가 손을 내밀자 수진은 겁먹은 얼굴로 천천히, 하지만 우아하게 지상으로 내려왔다. 나는 방금까지 수진이 있던 자리를 올려다봤다. 한낮의 햇살에 눈이 부셨다. 내가 알고 있는 수진의 운동신경으로는 불가능한 일이었다.

"대체 저기까지 어떻게 올라간 거야?"

"보여줄까?"

수진은 날렵하게 목련나무 꼭대기까지 올라갔다. 우아하고 너무도 가볍게. 나는 사다리로 올라가 수진을 데리고 다시 내려와 찬찬히 얼굴을 바라봤다. 나는 수진이 어딘가 변했다는 것을 알았다. 갈색 눈은 좀 더 투명해졌고 햇빛 아래에서 본 동공은 세로로 가늘어졌다. 나에게 냄새를 묻히듯 어깨에 머리와 코를 문질렀다. 아직 손가락에 붕대를 감고 있었는데 손바닥도 분홍빛이고 말랑말랑했다. 이러다 수진도 고양이가 되어버리는 걸까. 수진은 벤치에 가더니 누워버렸다.

불현듯 주인집 할머니가 행차했다. 벤치에 누워 있는 수진을 보더니, 누구냐고 물었다. 친구라고 하자 한심한 표정으로 쳐다보더니 주머니에서 종이를 꺼내 나무에 붙였다.

고양이들에게 밥을 주지 마십시오.

수진이 벌떡 일어나더니 할머니 눈을 빤히 쳐다보면서 종이를 떼어버렸다.

"누가 자꾸 떼버리나 했더니."

할머니는 분해서 평정을 잃은 듯했다.

"이건 너무 무서운 말이에요. 잔인하고."

수진은 낮은 목소리로 침착하게 대꾸했다.

"자연의 순리를 지키면서 사는 길이야."

나는 할머니가 말한 '순리'라는 말에 주머니 속에 있는 '순응' 두 글자를 기억해 냈다. 나는 대치하듯서 있는 두 사람 사이에 끼어들었다.

"친구가 좀 아파요. 죄송합니다."

할머니에게 나는 거듭 고개를 조아리며 사과했다.

"밤마다 시끄럽고 냄새나고. 은혜도 모르는 것들한테 시간 낭비하지 마."

할머니는 분이 안 풀리는지 한마디 더 하고는 돌아갔다. 나는 한숨을 내쉬고 이번에는 수진을 달래려고 다가갔지만 털을 잔뜩 세운 고양이처럼 수진은 한 걸음 물러섰다.

"너는 한 번도 내 말을 믿은 적이 없어."

그러고는 뒤돌아 빠른 속도로 나에게서 멀어졌다.

∞

며칠째 폭우가 계속됐다. 비가 잦아들기를 기다리

다가 수진의 빌라로 찾아갔다. 전화를 받지 않아 불길한 예감이 들어서였다.

빌라 입구 쪽이 어수선했다. 가전제품과 가구와 옷가지들이 마구 널브러져 있었다. 이렇게 비가 오는 날, 누가 이사를 하나 해서 다가갔더니 익숙한 것들이 보였다. 수진이 자주 메던 배낭과 시나리오 뭉치, 은재의 이젤과 고양이 낚싯대가 빗속에 아무렇게나 뒹굴고 있었다. 내가 그것들을 보고 있을 때 그곳을 오고 가던 수진의 이웃들이 한마디씩 했다.

매번 남자 친구가 바뀌었다면서. 멀쩡한데 일을 하지 않아 둘이 평일 낮에도 내내 집에 있었대. 옷장 안에는 죽은 새와 쥐가 잔뜩 쌓여 있었다지. 집 안 꼴이 엉망이었대. 냄새가 얼마나 지독하던지. 문을 여니까 고양이 두 마리가 황급히 도망쳤다던데. 고양이 털만 남기고 월세도 밀린 채 그냥 사라지다니 이런 민폐가 어디 있냐고. 나는 그들에게 화를 낼 수 없었다. 같은 이유로 수진을 한심해했으니까.

멍하니 있던 나는 이웃들에게 혹시 고양이들이 어떻게 생겼냐고 물었지만 잘 모르겠다는 대답만 돌아왔다. 연락을 받은 수진의 부모님이 짐을 수습하기 위해 도착했다. 실종 신고를 해야 한다고 수진이 자주 입던 옷차림을 나에게 물었다. 나는 고양이 실종 신고도 같이 내야 한다고 말했다가 경멸 어린 눈빛을 받았다.

∞

요즘 나는 부쩍 잠이 많아졌다. 어제는 잠이 너무 와서 책방 문을 닫고 종일 잤다. 한밤중에 알 수 없는 번호로 전화가 걸려 왔다. 매미가 시끄럽게 울었다. 이곳에서 우는 건지 수화기 너머에서 우는 건지 알 수 없었다. 상대방은 말이 없었다. 수진아, 하고 부르자 희미하게 고양이 울음소리가 들린 것도 같았다. 그렇다고 믿고 싶은 건지도 모르겠지만. 나는 또 한 번 불렀다. 수진아, 여름이 끝나가고 있어. 나는 자꾸만 나무 그늘 아래서 실컷 잠을 자고 싶어. 서가의 책을 가지런히 정리하다가도 톡 건드려서 다 떨어뜨려 버리고 싶어. 그럴 때면 주머니 속의 쪽지를 만지작거려. 그러니까 나는 고양이가 되지 않을 거야. 아직은.

* 소설 속에 등장하는 고양이의 특성은 캣랩 매거진(https://www.cat-lab.co.kr), 연희 문학창작촌과 길에서 만난 고양이들, 친구의 고양이들, 그리고 고양이 별로 떠난 꺼실이(2007. 9. 4.~2020. 3. 8.)의 생을 참고했음을 밝힙니다.

'아직도'입니까?

지난봄 저는 창작촌에 입주했습니다. 한 달간 묵을 방은 2층 복도 왼쪽 끝방이었습니다. 창밖으로 목련나무가 보였죠. 아직 이른 봄이라 솜털로 뒤덮인 꽃눈이 붓처럼 매달려 있었습니다. 첫날 함께 입주한 작가들과 다과를 먹으며 간단한 인사를 나눴습니다. 창작촌이 오래된 건물이어서 그런지 괴담이나 귀신 목격담이 화제에 올랐어요. 목련나무 아래에 앉아 있는 소녀 귀신을 봐도 말을 걸지 말라거나 이곳이 한국전쟁 당시 서울 수복을 위한 치열한 전투지였던지라 철모 쓴 군인 귀신을 가끔 만날 수 있다는 얘기가 농담처럼 오고 갔습니다. 사실 급한 마감이 있어서 제 귀에는 잘 들어오지 않더군요. 딱 한 달 후까지 끝내야 하는 마감으로 이미 미룰 수 있는 데까지 미룬 터라 더 이상 미룰 수도 없었죠.

새벽에 능률이 오르는 편이라 낮과 밤이 바뀐 채로 생활하게 됐습니다. 그러다 보니 자연스레 다른 입주 작가님들과는 교류할 시간이 없었죠. 햇반과 컵라면만으로 끼니를 때우고 동이 틀 때까지 글을 쓰다 잠들었습니다. 열흘쯤 지났을 때 단체 문자가 왔습니다. 작가들 모임이 있다고 나오라고 하더군요. 저는 거절하고 여느 때처럼 작업에 열중했습니다. 작업을 마치면 늦게라도 오라고 했지만 그날따라 글이 잘 써져서 알겠다고만 했어요.

똑똑.

그런데 새벽 1시 무렵 노크 소리가 희미하게 들렸습니다. 처음에는 잘못 들은 줄 알았습니다. 그런데 또 한 번 노크 소리가 들렸습니다. 이번에는 아까보다 선명했습니다.

똑똑.

저는 못 들은 척했습니다. 아마도 술 취한 동료 작가 중 한 명이겠지요. 안 자면 나오라고 할 것 같았어요. 저는 최대한 잠든 척 조용히 있었습니다. 잠시 후, 앞 방 문이 닫히는 소리가 들렸습니다.

앞 방 작가님이신가 본데 죄송한걸.

다음 날 맘에 걸려 작은 쇼핑백에 과자를 챙겨 넣고 메모를 남겨 문고리에 걸어두었습니다.

제가 마감을 아직 끝내지 못해서 죄송합니다. 탈고 후에 연락드리겠습니다.

한동안 잠잠했습니다. 이제 내일모레면 퇴소하는 날이고 마감도 이틀 앞으로 다가왔습니다. 노크 소리도 앞 방 작가님에 대해서도 까맣게 잊어버렸죠. 그런데 새벽 1시 무렵 또 노크 소리가 들렸습니다.

똑똑.

저는 방문 앞으로 다가갔습니다. 기척을 느꼈는지 노크 소리가 더 커졌습니다.

똑똑똑.

그런데 정말 마감이 코앞이라 머리도 며칠째 감지 못한 데다 상태가 엉망이어서 얼굴을 내밀 상황이 아니었습니다. 저는 문 앞에서 말했죠.

죄송해요. 아직 마감을 못 했습니다.

그러자 잠잠해졌습니다. 잠시 후 앞 방 문이 쾅 닫히는 소리가 들렸습니다.

기분이 나빠셨을까. 할 말이 있으신데 내가 너무 철벽이었나.

그리고 다음 날 새벽 1시에도 노크 소리가 들렸습니다.

똑똑.

나는 가만히 있었습니다. 마감 하루 전인데 같은 작가끼리 이해를 못 해주나 싶어 화가 나더군요. 눈치도 없고 배려도 없는 사람이라고 생각했죠.

똑똑똑.

침묵하고 있는데 이번에는 말소리가 들리더군요.

"마감했습니까?"

속삭이듯 가느다란 여자 목소리였습니다. 어딘가 어눌한 발음이었습니다. 이제 막 말을 배운 아이 같기도 했고요. 저는 순간적으로 왠지 소름이 돋고 몸이 뻣뻣해져서 대답을 바로 하지 못했습니다.

똑똑똑똑.

"아직도입니까?"

노크 소리도, 목소리도 더 커졌습니다. 뭐가 이렇게 당당한 거지. 나는 불쾌해졌습니다. 벌떡 일어나

방문을 열었는데 복도에는 아무도 없었습니다. 그사이 방으로 돌아갔는지 앞 방 문은 굳게 닫혀 있었고요. 방문이 닫히는 소리는 못 들었지만요. 저는 다시 책상 앞으로 돌아가 마감을 마치고 정신없이 잤습니다. 일어나자마자 바로 퇴소해야 했기에 짐을 허겁지겁 챙겼습니다. 창작촌 사무실에 들러 열쇠를 반납하고 무사히 마감을 마쳤다고 인사를 전했습니다. 그리고 마감이 끝나서인지 어젯밤 불쾌한 감정은 사라지고 앞 방 작가님께 미안한 마음이 들더군요. 그래서 직원에게 앞 방 작가님께도 죄송하다고 대신 전해달라 했죠.

그러자 직원은 의아한 얼굴로 제 얼굴을 빤히 쳐다봤습니다.

“앞 방에 입주한 작가님은 계시지 않아요. 한 달 내내 계속 빈방이었어요.”

저와 직원 사이에 잠시 침묵이 흘렀습니다. 이윽고 제가 입을 열었습니다.

“제가 착각을 했나 봅니다. 아마 다른 방 작가님이었나 봐요.”

창작촌을 나서다 뒤돌아서서 그사이 활짝 핀 목련을 올려다봤습니다. 귀신을 보면 대박이 난다는데 만나지 못해서 아쉽다는 생각을 하면서요.

정선임

소설집 《고양이는 사라지지 않는다》가 있다.

범유진

우산이 나타났다

또다. 또 나타났다.

유빈은 현관에 놓인 우산을 물끄러미 바라보았다. 펼쳐볼 필요도 없다. 저건 분명 망가져 있을 테니까. 신발을 신으면서 한쪽 발로 우산을 신발장 아래 공간에 밀어 넣었다. 우산은 튕겨지듯 굴러 나왔다. 유빈은 몸을 숙여 신발장 아래를 들여다봤다. 열 평짜리 원룸형 빌라는 신발장도 작고, 신발장 아래 공간도 얄팍하다. 그 얄팍한 공간은 이미 우산으로 가득 차 있다. 색도 모양도 다양한 우산들. 그러나 유빈의 눈에는 오직 레인부츠만 보였다. 우산들 사이에 섬처럼 덩그러니 놓인 레인부츠 한 짝. 작년에 콩이 곰이 그려진 레인부츠가 갖고 싶다고 졸라 산 것이다. 올해도 장마가 시작되자마자 콩은 곰돌이 레인부츠를 부르짖었다. 신발이 작아졌으면 어쩌나 하는 걱정이 무색하게, 레인부츠는 콩의 발에 딱 맞았다. 콩은 태명이 콩이었던 탓인지 좀처럼 쑥쑥 자라지를 않아서, 어린이집의 같은 반 아이들과 비교하면 머리 하나가 작았다. 콩은 레인부츠를 신자마자 흥이 올라 거실 안을 뛰어다녔고, 유빈은 콩을 혼냈다.

그렇게 좋아하는 레인부츠가 한 짝밖에 남아 있지 않다는 걸 알면 콩이 집에 돌아와서 실망하지 않을까. 유빈은 현관 문고리에 걸어둔 우산을 들고 집을 나섰다. 밤부터 아침까지 내내 매달려 있었음에도 우산에는 축축한 습기가 남아 있었다. 빌라 입구에서 우산을 펼치고 걸음을 옮겼다. 우산을 때리는 거센 빗줄기 소리가 비명처럼 울렸다.

7월 초부터 시작된 장마는 끈질기게 비를 흩뿌렸다. 날이 개어 장마가 끝났나 싶으면 다음 날 장대비가 쏟아졌다. 그리고 망가진 우산은, 비가 오는 날에만 유빈의 현관에 나타났다. 누가 가져다 놓은 것인지 알 수 없는 우산들. 처음에 유빈이 의심한 것은 자기 자신이었다. 혹시 나도 모르는 사이에 술을 마시고 우산을 주워 온 것은 아닐까. 냉장고 깊숙이 넣어

둔 소주병을 꺼내 눈으로 체크해 보기도 했다.

망가진 무언가를 주워 와서 고치는 것이 유빈의 술버릇이다.

처음 술을 마신 고등학교 수학여행 때에는 숙소의 담장을 넘어 너덜너덜한 곰 인형을 주워 와 빨았고, 동아리방에서 술을 마시다 말고 찢어진 슬로건을 주워 와서 깁기도 했다. 그런 일이 반복되면서 유빈은 자신이 제법 손재주가 좋다는 사실을 깨달았다. 혹시 술에 취했을 때만 나타나는 특수 능력인가 싶어 멀쩡한 정신으로 가방 손잡이를 고쳐보았다. 특수 능력은 아닌 것으로 판명이 났다. 고치다 보니 좀 더 잘 고치고 싶어져서 이것저것 배웠다. 친구들은 본격적으로 쓰레기를 주워 올 준비를 하는 거냐며 어이없어 했다. 그때는 유빈도 설마 망가진 걸 고치는 게 자신의 직업이 될 줄은 몰랐다.

'CCTV에도 아무것도 찍혀 있지 않았단 말이지.'

오래된 빌라지만 콩을 낳은 후 현관문만은 새것으로 바꾸었다. 디지털 도어록을 달고 CCTV도 설치했다. 콩을 임신하고 있던 내내 이혼한 남편의 부모님에게 전화가 걸려 왔던 탓이다. 그들은 행방불명이 된 아들 대신 대를 이을 손주를 내놓으라 윽박질렀다. 유빈은 그들의 존재 자체가 적이 당황스러웠다. 반년의 동거와 한 달의 결혼 생활 내내, 유빈은 전남편을 천애고아라 알고 있었다. 그가 그렇게 말했으니깐. 유빈은 그들에게 당신의 아들은 사고로 행방불명된 게 아니라 다른 여자와 살겠다고 외국으로 도망간 것이며, 양육권이고 뭐고 다 포기한다는 각서도 남겼다고 설명하고 수신 거부를 설정했다. 그러자 그들은 집으로 찾아와 자기들끼리 막장 드라마를 찍기 시작했다. 그들의 요구는 유빈의 당혹스러움을 한층 가속화시켰다. 그들은 유빈에게 아이를 데려가지 않는 대신에 3000만 원을 달라고 했다. 접근금지 가처분 신청을 한 뒤에도 끈질기게 주변을 서성거리던 그들은 나타났을 때처럼 홀연히 사라졌다. 사기를 거하게 쳐서 감옥에 갔다는 소문만 들릴 뿐이었다. 그들이 언제 다시 나타날지도 모른다는 가능성은, 유빈의 일상을 조금 더 까칠하게 만들었다.

'내가 주워 왔다면 CCTV에 찍혔어야지. 아니지.

나뿐만 아니라…….'

사람이라면 응당 찍혀 있어야 하는 것이 아닌가.

철벅. 물웅덩이를 밟았다. 유빈은 반사적으로 아래를 내려다보았다. 물웅덩이에는 비에 젖은 나팔꽃 한 송이가 가라앉아 있었다.

유빈이 사는 빌라는 버스 정류장에서 한참을 걸어 들어온 후에도 가파른 언덕길을 걸어 올라와야 하는 곳에 있다. 빌라들은 모두 비슷한 모양을 하고 있지만, 입구는 골목 이곳저곳에 흩어져 있는 탓에 처음 온 경우 입구를 찾아 좁은 골목을 몇 번이고 빙글빙글 도는 사람이 태반이었다. 그래도 유빈은 이 골목이 좋았다. 이곳은 유빈이 태어나 처음으로 가진 집이었다. 방문을 잠그지 않아도 잠들 수 있는 진정한 집. 무엇보다 유빈은 골목의 여름을 사랑했다. 빌라를 따라 골목 끝으로 쭉 이어진 낮은 담장은 여름이 되면 나팔꽃으로 뒤덮였다. 꽃의 색으로 물드는 여름을 만끽하기 위해, 유빈은 유독 늦게 봄이 찾아오는 골목의 추위를 기꺼이 견뎠다.

그러나 이제 유빈은 나팔꽃이 싫다.

유빈은 물웅덩이 안에 더욱 깊이 발을 넣어 가라앉은 나팔꽃을 지르밟았다.

"마아—마. 마아—. 마."

골목을 거의 다 빠져나갔을 때, 등 뒤에서 이상한 소리가 났다. 어린아이가 엄마를 부르며 우는 것도 같고 고양이가 우는 소리 같기도 했다. 엄마. 콩의 목소리가 울음소리 위에 겹쳐졌다. 유빈은 황급히 뒤돌아봤다. 하지만 골목에는 무엇도 없었다.

장대비만이 추적추적 내리고 있을 뿐이었다.

∞

"혹시 고양이 밥 준 적 있나요? 하는 게 딱 은혜 갚는 고양인데."

"고양이요? 그런 적 없는데."

안녕하세요, 라는 여상한 아침 인사에 우산 이야기를 꺼낸 건 그 여상함에 울컥 치솟은 서러움을 감추기 위해서였다. 유빈은 서러움을 감추는 데 익숙했다. 제아무리 서러움이 안에서 단단하게 굳다 못해

깨져, 그 조각이 마음을 찔러 곪아간다 해도 그랬다. 타인은 자신의 곪은 냄새를 참아줄 의무가 없고, 누군가는 오히려 곪은 상처를 들쑤시려 다가온다는 것을 유빈은 경험으로 알고 있었다.

"그런가요. 그럼 고양이 말고 뭐 다른 걸 보살핀 적은?"

"없어요. 그런데 왜 고양인가요?"

"하니가 가끔 그러거든요. 소파 아래에서 양말 한 짝, 먼지 덩어리, 그런 걸 물고 와서 자랑스럽게 내 앞에 놔둔답니다. 자기 딴에는 사냥한 거 나누어 주는 거예요. 평소에 잘 보살펴 주니 이걸 주마, 이런 느낌."

하니는 지아와 10년째 동거 중인 고양이다. 가게가 있는 건물 2층, 지아의 생활공간으로 이어지는 계단을 느릿느릿 오고 가는 라쿤을 닮은 고양이. 밥을 먹을 때조차 느릿느릿 움직이는 선비 고양이. 그런 하니가 소파 아래를 뒤져 찾아낸 것을 건네준다면 확실히 보은이지 싶었다. 하지만 고양이일 리는 없다. 유빈은 빌라 근처에서 길고양이를 본 적이 없었다. 게다가 아무리 고양이가 액체처럼 좁은 곳도 잘 통과한다지만 전단지 한 장 간신히 통과하는 좁은 현관문 아래를, 그것도 우산을 물고 통과할 수 있을 턱이 없었다. 우주에서 온 고양이가 아닌 이상은 말이다.

"……콩도 가끔 엉뚱한 걸 가져와요."

편지 봉투를 하나씩 열어 의뢰 내용을 확인하던 유빈의 손이 멈췄다. 그날 이후, 유빈은 한 번도 다른 사람에게 콩의 이야기를 한 적이 없었다. 어린이집 선생님에게 걸려 오는 전화를 애써 무시했고, 집 근처에서 누군가 말을 걸 듯하면 잰걸음으로 도망치듯 멀어졌다. 누군가 괜찮을 거예요, 라고 말하면 오히려 콩이 괜찮지 않음을 확인하게 되는 것 같아 무서웠다.

"놀이터에서 주운 돌멩이 같은 거요. 자기가 보기에 보석처럼 예뻐서 엄마 주려고 가져왔다면서 내밀곤 해요."

"어린아이와 고양이가 닮은 게 울음소리만은 아니군요."

그런데 왜 불쑥 콩의 이름을 말하게 된 걸까. 상대가 지아이기 때문일 것이다. 흔한 골목길에 이세계로 통하는 문을 만들어낼 것만 같은 사람. 그게 지아였다.

"하니는 막상 내가 그걸 받으면 기쁜 티도 안 내고 도도하게 뒤돌아 버린답니다."

"콩은……. 콩은 팔짝팔짝 뛰어요. 뛰다가 춤을 추듯이 엉덩이도 실룩거리고."

"어머. 그거 귀엽겠네요. 하니도 한 번쯤 그래 줬으면 좋겠는데."

편지에서는 비 냄새가 났다. 수취인. 추억 수리점. 유빈은 주소란에 적힌 반듯한 글씨를 손가락 끝으로 쓸었다.

"역시 귀신 아닐까요?"

"귀신이 왜 유빈을 찾아오겠어요?"

"그야……."

귀신은 원래 나쁜 일에 고개를 들이미는 존재 아닌가요. 유빈은 나오려던 말을 삼켰다. 지아에게 이 이상 어리광을 부릴 수는 없었다. 지금도 지아는, 원래라면 유빈이 해야 할 지갑 수리를 위해 노안경을 쓰고 오래된 실을 제거하는 중이었다.

추억 수리점. 유빈이 4년째 일하고 있는 수리점이다. 빌라 골목에서 이어지는 언덕길 한가운데에 자리 잡고 있는 가게는 왜인지 허공에 붕 뜬 듯 보인다. 주변과 어울리지 않는 고풍스러운 철제 난간이며 붉은 기와로 쌓아 올린 삼각형 지붕, 흰색 아치형 문 같은 것 때문일지도 모른다. 수리 대상은 뭐든지. 의뢰는 편지로만 받고, 그중에서도 지아가 선택한 물건만이 수리점에서 치료받을 수 있다. 이런 불편한 가게에 과연 손님이 올까. 처음 출근하던 날 유빈의 걱정이 무색하게, 전국에서 편지가 꾸준히 날아왔다. 과연 그것만으로 가게가 유지될 만큼의 돈이 되는지는 미지수였지만, 그건 유빈이 관여할 부분이 아니었다. 어쨌든 지아는 유빈에게 제시한 월급을 한 번도 밀린 적이 없었다.

4년 전 여름, 유빈은 일자리 찾기에 혈안이 되어 있었다. 육아휴직을 마치고 왔더니 자리에 컴퓨터가 사라져 있었다. 12개월 아기를 혼자 돌봐야 하는 30대 여자에게 컴퓨터와 프로젝트를 되찾기 위한 투쟁을 벌일 에너지는 남아 있지 않았다. 위로금을 받고 권고사직 형태로 회사를 그만뒀다. 7년간 다닌 회사와의 이별은 그렇게 구질구질하게 끝났다. 실업급여 기간이 끝나기 전에 새로운 회사를 찾아야만 했다. 열일곱 번의 면접은 "결혼했나요"로 시작해서 "그러니까 아이를 맡길 사람도 없다는 거네요"로 끝났다.

그날도 유빈은 떨어질 것이 분명한 면접을 마치고, 집에서 버스로 다섯 정거장 떨어진 어린이집으로 달려갔다. 먼 거리였지만 대기 없이 들어간 것만으로도 기적에 가까운 일이라 불평할 수는 없었다. 한여름 더위에 콩을 업고 집으로 돌아오는 동안 셔츠가 땀에 젖어 몸에 찰싹 달라붙었다. 그리고 그보다 더 한 걱정이 유빈의 머릿속에 들러붙었다. 취직이 된다고 해도 아이의 등원과 하원은 어떻게 해야 한단 말인가. 혼자서 아이를 기르는 건 머릿속에서 끊임없이 작은 전쟁을 치르는 것과 같았다. 예측할 수 없게 터지는 아이의 울음 사이사이에 어떻게든 일상을 끼워 넣을 수 있도록 전술을 짜고, 이 부분만 포기하면 10분은 더 잘 수 있다는 적을 물리치고, 때로는 지고, 지고 난 후에는 죄책감에 시달리는 전쟁.

더위를 먹은 듯 계속되는 걱정에 결국 한밤중에 맥주 캔을 땄다. 아이를 낳고 한 번도 마신 적 없어서인지 한 캔만에 취기가 올랐다. 정신을 차렸을 때, 유빈은 골목에 쪼그려 앉아 어디서 주워 왔는지 모를 녹슨 거울을 열심히 닦고 있었다. 거울 속, 유빈의 등 뒤로 누군가 다가오는 것이 보였다.

"영원히 살 수 없는 인간에게, 영원을 선물하는 가게에서 일해보지 않겠어요?"

이상한 사람인 것 같은데. 유빈은 거울 안 누군가의 모습을 살폈다. 등 뒤에 서 있는 사람은 나이 지긋한 여성이었다. 콩만이 아니라 유빈이 할머니, 라고 불러도 이상하지 않을 연배로 보였다. 슬쩍 긴장이 풀렸다. 유빈의 긴장을 완전히 사라지게 한 것은, 이어진 여자의 말이었다.

"가게는 바로 저기. 아이를 업고 왔다 갔다 하는 걸 봤어요. 일자리를 찾고 있지요? 어린이집 등하원 시간 맞추어주고 조퇴 및 외출도 얼마든지 자유예요. 어떤가요?"

"할게요! 무조건 할게요!"

유빈은 손을 번쩍 들며 뒤돌아섰다. 여자는 놀라지도 않고 가만히 웃었다. 그것이 유빈과 지아의 첫 만남이자, 면접이었다.

"비가 계속 오는군요."

지아의 중얼거림에 유빈은 고개를 돌려 창밖을 봤다. 편지지 부스럭거리는 소리가 창문을 두드리는 빗소리에 섞여 들었다.

"이런 날은 도롱이가 나타난다고도 했지요."

"도롱이?"

"이전에 내 어머니에게 들은 이야기랍니다."

지아는 작업대에서 가죽 지갑을 고치며 느릿하고도 리듬감 있는 어조로 말을 이었다.

"내 어머니가 열세 살 어린아이였던, 그러니까 여기가 그저 논밭이었을 때 말이에요. 흉년이 들어서 마을 인심이 아주 고약해졌을 때가 있었다고 해요.

게다가 열병까지 돌았지요. 사람들이 픽픽 쓰러져 죽어나갔답니다."

죽음. 그 단어에 유빈의 신경이 일순 팽팽해졌다.

"어머니는 어느 날, 옆집 살던 아이가 죽은 것을 봤다고 해요. 부모는 어디로 도망이라도 간 건지, 아이 혼자 있었다고 해요. 어머니는 종종 그 애를 업어준 적도 있으니 오래 보이지 않자 걱정이 되어 방문을 열었던 거지요. 어머니는 어린것이 가여워 집에서 도롱이를 몰래 가지고 나와 아이의 시신을 감싸주었다고 합니다. 도롱이가 뭔지 아나요?"

"모르는데요."

"짚을 엮어서 허리나 어깨에 걸쳐 두르는 비옷이랍니다. 옛날에는 열병 걸려 죽은 사람을 도롱이로 감싸 묻는 일이 종종 있었지요. 비를 막는 것이니, 그것으로 싸면 열이 밖으로 나오지 못해 마을에 더 이상 병을 퍼뜨릴 수 없다 여겼던 거지요. 그렇게 죽은 사람이 도롱이라는 요괴가 되기도 했답니다. 도롱이의 안은 열로 가득 차 있어, 거기에 구멍이 뚫리면 영문 모를 열병이 퍼진다고 믿었다 해요. 특히 여름 장마가 시작되면 자주 나타난다고 했다네요."

지아의 어머니는 마당을 파서 아이의 시신을 묻어주었다. 열병에 걸려 죽은 시신은 마을 밖 구덩이에 버리는 것이 규칙이었지만, 차마 그럴 수 없었다. 그렇게 아이를 묻고 사흘 후, 지아의 어머니는 열병에 걸렸다. 집이 가난해 약을 쓸 여유 따윈 없었기에 이젠 죽는구나 싶었다. 창고에 감금되듯 혼자 누워 며칠을 끙끙 앓던 어느 날 밤, 그것이 나타났다.

"폴짝폴짝 뛰었대요."

"뭐가요?"

"전신에 도롱이를 두른 무언가가 나타나서 한 발로, 어머니의 주변을 돌면서 뛰더래요. 고양이 우는 것 같은 소리를 내면서. 우산에 손잡이 대신 사람 다리 한쪽만 덜렁 달려 있는 그런 모양새였다고 하더군요."

저것은 도롱이다. 어머니는 열에 들뜬 채 그렇게 생각했다. 종종 비 오는 날 아이들이 밖에 놀러 나가려 하면 어른들이 도롱이가 와서 잡아간다고 겁을 줬었다. 도롱이는 어머니의 주변을 몇 바퀴 더 돌다가 사라졌다.

다음 날, 지아의 어머니는 깨끗하게 나았다. 열도 내리고 얼굴에 흉 하나 남지 않았다. 도롱이가 내 열을 빨아들여 간 것은 아닐까. 그렇다면 정말 고마운 일이 아닌가. 지아의 어머니는 그 사실을 함께 살던 막내 이모에게 말했다. 막내 이모는 신기가 있어 '당산댁'이라 불렸는데, 지아 어머니의 말을 듣더니 안색을 바꾸었다. 당산댁은 그것이 아무리 고마워도 다시 나타나면 모른 척하라고 신신당부했다.

"도롱이는 원래 큰 것 작은 것 한 쌍이 함께 다니는데, 그것은 어째 혼자 다니는구나. 법칙에 어긋난 것은 메워야 하는 것이 이형의 존재다. 설령 그것이 그런 마음을 품지 않는데도 그것은 사람을 홀릴 게다. 정신을 차리지 않으면 저쪽으로 끌려간다. 그리 말씀하셨답니다."

"……한 쌍이 함께."

"어쩌면 가족일지도 모르지요."

지아의 이야기가 자꾸만 유빈의 틈을 쿡쿡 찔렀다.

"어머니는 그 도롱이가, 자기가 묻어준 아이라고

생각했답니다."

"어째서요?"

"도롱이 발에 큰 화상 자국이 있었대요. 옆집 아이에게도 똑같은 상처가 있었거든요."

톡. 가위로 실을 자르는 소리가 유독 크게 울렸다.

"자아. 깨끗해졌군요."

지아는 들여다보고 있던 지갑에서 눈을 뗐다. 그러고는 작업대 아래에서 상자를 하나 꺼내, 작업대 위에 올렸다. 순간 풋풋한 풀 냄새가 작업실 안에 퍼졌다. 지아는 상자에서 옥수수 하나를 꺼내 들었다. 초록색 껍질이 붙은 노란 찰옥수수는 선명한 생명력을 뿜어냈다.

"오늘은 그만 퇴근하도록 하세요."

"아직 10시밖에 안 되었는데요."

"10시 반이 오전 면회지요? 면회 끝나고 바로 집으로 가세요. 가서 잠을 좀 자요. 이것 좀 가져가서 푹 삶아 냉장고에 넣어두고요. 밥 챙길 정신이 없어도 뭐라도 먹어야 해요."

유빈은 옥수수의 노랑에 이끌리듯 작업대로 다가

갔다. 유빈은 지아가 내미는 옥수수를 받아 들었다. 손에 든 옥수수를 물끄러미 바라보던 유빈의 입에서 툭, 조각이 튀어나왔다.

"왜 그만두라는 말을 안 하세요?"

곪은 서러움이 조각에 찔린 틈으로 흘러나왔다. 발효되지 못하고 썩어버린 어리광의 냄새가 풍겼다.

"그만두고 싶나요?"

"이젠 아무것도 못 고치잖아요."

추억 수리점은 수리점이다. 고로 이곳에 필요한 사람은 고칠 수 있는 사람이다. 하지만 그날 이후, 유빈은 무엇도 고치지 못했다. 무언가를 고치려 해도 손가락이 자꾸만 엇나갔다. 인형을 꿰매면 솜이 튀어나오고 책장의 얼룩을 제거하려다 더 번지게 만들기도 했다. 실수를 거듭하다 퍼뜩 고장 난 건 내가 아닐까, 하고 생각했다.

"고칠 수 있게 될 거예요."

"동정하시는 건가요?"

비닐봉지 부스럭거리는 소리가 유빈의 틈을 틀어막았다. 한동안 봉지에 옥수수 담는 소리만 이어졌다. 지아는 옥수수를 하나씩, 정성스럽고도 느리게 담았다. 할 말을 골라 쌓듯이. 봉지를 절반쯤 채우고서야 지아는 다시 입을 열었다.

"이유를 꼭 알고 싶나요?"

"모르는 건 이젠 지긋지긋해요."

매일 오전과 오후, 두 번 있는 면회 시간은 턱없이 짧았다. 의사는 알아듣기 어려운 말을 할 뿐, 유빈이 알고 싶은 건 알려주지 않았다.

"버려진 물건을 고치는 건 여분의 상냥함을 가져야 할 수 있는 일이고, 이곳에 필요한 건 그런 사람이기 때문이에요."

"그런 거 없어요."

"있어요. 그게 누군가를 구한 적도 있을 거예요."

지아는 유빈의 손에 비닐봉지를 쥐여주었다.

"그리고 때로는 자기 자신을 구할지도 모르지요."

유빈은 가게를 나왔다. 한 손에 든 비닐봉지 속 노란 옥수수의 무게감이 불안을 슬며시 눌러주었다. 집에 돌아와 옥수수를 삶았다. 먹어서 없앨 수 있다면 그날의 기억을 남김없이 먹어치웠을 것이다. 그러나 그럴 수는 없기에 노란 알과 함께 자기혐오를 뜯어 먹었다.

∞

장마가 시작되던 그날.

어린이집에서 전화가 왔다. 아이들 중 한 명이 바이러스성 폐렴으로 입원해서 하원 시간을 앞당긴다는 거였다. 콩에게도 미열이 있어 일단 약을 먹였다는 말에, 유빈은 지아에게 양해를 구하고 가게를 나섰다. 아침만 해도 레인부츠를 신고 거실을 뛰어다니던 아이가 낮에 갑작스럽게 열이 나는 일쯤은 이젠 익숙했다. 처음 콩이 열이 났을 때는 하염없이 눈물이 났었다. 열을 품고 있기에 콩은 너무 작았다. 그러나 일주일에도 서너 번, 어린이집에 달려가는 날이 이어지자 그것은 곧 일상이 되었다. 유빈은 콩이 열이 나거나 배가 아프다고 울어도 함께 울지 않고, 아이를 어를 수 있게 되었다.

일상의 평온에 대한 과신은 오만이었다.

콩을 데리러 가기 전, 아이에게 입힐 웃옷을 챙기러 집에 들렀다. 아침만 해도 부슬비가 내리던 것이, 오후가 되니 장대비로 바뀌어 기온도 뚝 떨어졌다. 드러난 팔에 오스스 닭살이 올라왔다. 옷을 챙겨 바쁘게 걸어 내려가던 유빈은 골목 한가운데서 멈췄다.

호드러지게 나팔꽃이 핀 담벼락 아래, 짚으로 만들어진 우산이 놓여 있었다.

그건 열대의 해변에 있어야 할 것만 같은 우산이었다. 야자나무 그늘이 드리워지고, 탁자에 코코넛이 놓여 있는 풍경이라면 조금의 위화감도 없을 우산. 파라솔로 꽤나 인기를 끌 만한 모양새였다. 아무리 봐도 콘크리트로 포장된 골목길에는 어울리지 않았다. 그러나 짚 우산이 유빈의 시선을 잡아끈 것은 뜻밖의 장소에, 있을 것이라 여긴 적 없는 물건이 놓여 있기 때문만은 아니었다. 보라색과 분홍색 나팔꽃이 아래로 길게 흐드러져 짚 우산의 캐노피에 맞닿아 있는 모습이 홀리듯 유빈을 잡아끌었다. 가까이 다가가 살펴보니 짚 한가운데 작은 구멍이 뚫려 있었다. 유빈은 우산 앞에 쪼그려 앉아 손수건을 꺼냈다. 손수건과 짚 아랫부분을 아이의 머리카락 땋듯이 엮어 나가는 동안, 이상하리만치 우산이 사랑스럽게 느껴졌다. 마치 머나먼, 존재한 적 없는 과거에 잃어버린 아이를 되찾은 듯한 애틋함이었다.

유빈은 구멍을 메우는 일에 완전히 정신이 팔렸다. 빗줄기가 유빈의 정수리를 때렸다. 유빈이 쓰고 있던 우산은 어느새 골목 바닥을 뒹굴고 있었다. 비가 골목 바닥을 때리는 소리와 손끝에 까끌까끌하게 와 닿는 짚의 촉감만이 세계의 전부인 듯했다. 전부라도 좋을 듯했다.

"엄마!"

유빈의 손이 멈췄다. 콩의 목소리가 일순간 세계를 뒤집었다.

'내가 지금 뭘 하고 있었지?'

콩이 옆에 서 있었다. 콩은 유빈의 옆에 딱 붙어 서서 우산을 들고 있었다. 어린이용 우산은 너무 작아서 유빈과 콩의 몸을 충분히 가리지 못했다. 콩의 등이 빗줄기에 흠뻑 젖어 있었다. 유빈은 다급히 바닥에 나뒹굴고 있는 자신의 우산을 집어 들고, 콩을 품 안으로 끌어당겼다. 콩의 몸은 불길하게도 따뜻했다.

"왜 여기 있어? 어린이집에서 기다려야지."

"선생님이 엄마한테 전화했잖아. 엄마가 데리러 못 온다고 했다며."

"내가?"

"그래서 선생님이 데려다줬어. 선생님이 여기서 엄마 발견하고 인사하니깐, 엄마가 가라고 했어. 엄마. 선생님한테 너무했어. 나한테도 너무했어."

콩은 재잘재잘 떠들면서도 코를 훌쩍거렸다. 유빈은 콩의 등을 토닥거리며 달랬다.

"나 여기 계속 서 있었어. 엄마는 나 계속 모른 척했어……."

콩의 말끝이 고장 난 테이프처럼 늘어지는가 싶더니, 갑자기 구토를 했다. 유빈이 당황해서 아이의 등을 두드리는데, 콩의 몸이 끈 잘린 꼭두각시 인형처럼 툭 무너졌다. 구급차가 달려왔다. 그날부터 내내, 콩의 열은 내리지 않고 있다. 처음에는 단순한 폐렴이라고 말했던 의사도, 이제는 원인을 알 수 없다고 말할 뿐이다.

나팔꽃 때문이다.

골목을 걸을 때마다 나팔꽃을 원망했다.

여름 장마가 시작되던 날, 저 흐드러지게 핀 나팔꽃에 홀린 것이다.

∞

나팔꽃이다. 나쁜 것은 나팔꽃.

그날의 기억을 뜯어먹던 유빈의 손이 멈췄다. 옥수수에 길게 흰 줄이 생겼다. 알갱이가 뜯겨 나간 옥수수가, 꼭 자신의 머릿속 같다고 유빈은 생각했다. 콩이 쓰러진 날의 기억은 이상하게도 단편적으로 끊겨 있다. 부분 부분에 까맣게 칠이 된 것만 같다. 그날, 콩이 신고 있던 레인부츠 한 짝이 어디에 갔는지 떠오르지 않는 것만 해도 그렇다.

유빈은 옥수수 한 대를 다 먹어치우고 다시 몸을 일으켰다. 오후 면회 시간이 다가오고 있었다. 창밖을 살피니 그사이 비는 그쳐 있었다. 유빈은 잠시 고민하다가 우산을 챙겨 집을 나섰다. 장마 기간에 어쩔 수 없이 사게 되는 비닐우산의 값만큼 아까운 것도 없다.

'……짚으로 만들어진 그 우산, 그건 어디로 갔을까?'

그날부터다. 무엇도 고칠 수 없게 된 것은. 짚 우산을 고치느라 콩이 비를 맞게 했다는 사실이 떠오를 때마다 죄책감에 도저히 손이 움직이지 않았다. 그때 비를 맞아서 열이 심해진 건 아닐까. 그때 제대로 어린이집에 데리러 갔다면 중환자실에 입원하는 일은 일어나지 않았을 텐데. 고작 우산에 정신이 팔렸던 그 순간을 유빈은 도저히 용서할 수가 없었다.

그러나 알고 있다.

나팔꽃을 탓하는 이유가 그 때문만은 아니라는 것을.

유빈은 병원으로 향하는 버스를 탔다. 버스 안에서도 휴대폰을 손에 꽉 쥐고 놓지 않았다. 콩이 의식을 찾으면 바로 전화를 주겠다고, 중환자실의 간호사가 몇 번이나 약속한 터였다. 연락이 오면 바로 알 수 있게 착신음도 따로 설정했다. 〈곰 세 마리〉. 콩이 의식을 찾는 기쁜 순간을 콩이 가장 좋아하는 노래로 축하하고 싶었다. 그러나 버스에서 내려, 면회실의 인터폰을 누를 때까지 휴대폰은 주머니 안에서 침묵을 지켰다.

오늘은. 오늘에야말로.

그러나 오늘도, 였다. 짧은 면회 시간 내내 콩은 호흡기를 낀 채 쌕쌕 숨을 몰아쉴 뿐, 한 번도 유빈과 눈을 마주치지 못했다. 의사는 마음의 준비를 하셔야 할지도 모릅니다, 라고 말했다.

마음의 준비라니, 대체 어떤 준비란 말인가.

유빈은 병원을 나오자마자 소주를 한 병 샀다. 버스를 타지 않고, 집으로 걸어 돌아오면서 소주에 빨대를 꽂아 마셨다. 하늘을 뒤덮은 구름이 여름의 긴 해를 가려 밤을 더 빨리 끌어 내린 듯 주변이 금세 어둑해졌다. 유빈은 밤의 골목길 안으로 들어섰다. 텅 빈 소주병에 들어차 있던 알코올은 유빈의 배 속에서 찰랑거리다가 알딸딸한 열기로 변한 지 오래였다. 유빈은 골목 초입에 멈춰 서서, 또 다른 자신이 골목

반대쪽에서 너울너울 걸어오는 것을 봤다. 또 다른 유빈은 콩과 함께였다. 콩이 앞으로 달려나가고, 또 다른 유빈은 천천히 그 뒤를 따라가다가 멈춰 섰다.

안 돼. 멈추지 마. 나팔꽃을 보지 마. 그 생각을 하지 마.

유빈의 외침은 입 안에서 맴돌았다. 또 다른 유빈이 멈춰 섰다. 유빈은 우두커니 서서 나팔꽃을 바라보는 또 다른 유빈을 향해 달려들었다.

"하지 마! 아냐. 그건, 그거는……!"

유빈은 손에 든 우산을 마구 휘둘렀다. 또 다른 자신을 향해, 때때로 가만히 서서 지켜보던 나팔꽃을 향해. 또 다른 유빈의 입술이 가볍게 벌어졌다.

콩이 없으면 좀 더 느긋하게 볼 수 있을 텐데. 이 예쁜 꽃을.

그렇게 말했다. 그렇게 생각했다. 나팔꽃이 필 때면, 아이가 없었을 때 혼자 느긋이 골목을 걷던 날이 그리워졌다. 아기가 아이가 되면, 자기 발로 걷고 말이 통하게 되면, 전쟁은 끝나고 휴전 같은 날이 이어질 줄 알았다. 하지만 웬걸. 그건 또 다른 전쟁의 신호탄이었다. 일상이 된 전쟁에 익숙해질수록 찰나가 절실해졌다. 혼자가 될 수 있는, 잠깐의 휴식. 나팔꽃이 핀 담장 옆을 스쳐 지나갈 때면 그런 생각이 치솟았다. 그것을 억누르려, 멈추어 서서 나팔꽃을 보곤 했다. 콩은 늘 유빈을 앞질러 뛰어갔고, 유빈이 나팔꽃의 아름다움을 흠뻑 느끼기 전에 유빈을 불렀다. 엄마. 마, 마마!라고.

콩이 없었다면.

아기를 낳지 않았다면.

진심이었지만, 진심이 아니었다. 전쟁에 지친 뇌가 반사적으로 밀어 올린 푸념이었다. 지아가 했던 도롱이 이야기 속의 도롱이가 원치 않게 인간을 홀린다고 했던 것처럼 불가항력이었다. 유빈은 담벼락 아래 무너지듯 주저앉았다. 줄기에서 떨어져 내린 나팔꽃이 유빈의 발아래 수북하게 쌓여 있었다.

"도롱이."

유빈은 나팔꽃 무덤을 깔고 앉아 홀린 듯 중얼거리고는 몸을 옆으로 돌려 기다란 담벼락을 따라 무릎으로 기어가면서 잡초와 쓰레기 더미를 뒤지기 시작했다.

'그 우산. 그것이 도롱이는 아니었을까? 그럼 그 때 나는 이 세상의 것이 아닌 존재를 고친 거야. 제대로 고쳤을까?'

이제껏, 유빈이 술에 취해 주워 온 것 중 유일하게 고치지 못한 것은 전남편이었다. 물건은 기막히게 고치는 사람도 사람은 고치지 못한다. 그렇다면 귀신이나 요괴도 제대로 고치지 못할 가능성이 크다. 그것들은 물건이 아니니까.

'내가 제대로 고치지 못해 그것이 한을 품은 것은 아닐까? 아니면 나를 꾀어내서 동료로 데려가려 했던 건 아닐까, 그런데 콩이 방해가 되니까, 콩을 아프게 만든 것은 아닐까?'

짚 우산을 찾으면 분질러 버리리라 결심했다. 그러나 무릎이 축축해지도록 담벼락 아래를 살펴도 우산은 어디에도 놓여 있지 않았다. 발견된 것은 레인부츠였다. 콩의 레인부츠 한 짝이 쓰레기 봉지 서너 개가 쌓인 틈새에 오도카니 놓여 있었다. 유빈은 레인부츠를 집어 품에 끌어안았다.

툭. 빗줄기가 떨어졌다.

빗줄기는 곧 거센 장대비가 되었다. 유빈이 가지고 나온 우산은 살이 부러져 골목 어딘가에 내팽개쳐 있을 터였다. 담벼락에 기대어 앉아 내리는 빗속을 응시하던 유빈의 눈꺼풀이 파르르 떨렸다. 어깨를 적시는 차가움에, 그리고 눈앞에 나타난 존재에 술은 이미 깬 터였다.

"대답해. 네가 그런 거야?"

도롱이다. 도롱이는 빗속에 서서 유빈을 바라보았다. 상반신은 하늘을 향해 치솟은 지푸라기로 뒤덮여 있었고 지푸라기 안쪽으로는 붉게 충혈된 눈동자가 보였다. 바람에 지푸라기가 흔들릴 때마다 울음소리가 났다.

"네가 그런 거냐고!"

날카로운 고함이 빗소리와 뒤섞여 골목에 내려앉았다. 분노는 비현실을 마주한 공포를 초월했다. 도롱이는 아무런 대답 없이 쿵, 쿵, 강시처럼 뛰어 유빈에게로 다가왔다. 유빈은 담벼락에 등을 붙인 채 일어나 나팔꽃을 한 움큼 뜯어 도롱이에게 던졌다. 나팔꽃은 허공을 돌다 도롱이의 지푸라기에 달라붙었다.

지푸라기 속에서 길고 깡마른, 나뭇가지 같은 팔이 쑤욱 뻗어 나왔다.

도롱이가 들고 있는 건 우산이었다. 살 하나가 삐죽 튀어나온 우산이 유빈의 머리 위를 덮었다. 도롱이는 받으라는 듯 우산 손잡이를 유빈의 손등에 툭툭 부딪쳤다. 유빈은 얼결에 우산을 받아 들었다. 도롱이의 눈이 반달 모양으로 접혔다. 도롱이는 다가올 때와는 다르게 폴짝폴짝, 신이 난 듯 온몸을 흔들며 유빈에게서 멀어졌다. 캐노피의 가장 넓은 부분이 왼쪽 오른쪽으로 왔다 갔다 하는 것이 엉덩이를 흔드는 듯 보이기도 했다.

〈곰 세 마리〉 노래가 울려 퍼졌다.

유빈은 떨리는 손으로 전화를 받았다. 아이의 의식이 돌아왔어요, 라는 말에 유빈은 자기도 모르게 입을 손으로 틀어막았다. 간호사는 지금 당장 병원에 올 수 있냐고 물었다.

"그럼요. 당장 가겠습니다."

수화기 너머에서 약간의 머뭇거림이 느껴졌다.

저기. 이런 이야기 정말 이상하게 들릴 수도 있는데요. 우산 같은 게 중환자실 밖 복도를 껑충껑충 뛰어다녔어요. 그러더니 갑자기 아이의 의식이 돌아왔고요. 그 우산을 본 게 저뿐이라서 믿으실지 모르겠지만, 꼭 말씀드리고 싶었어요. 아이에게 일어난 기적이니까요.

유빈은 연신 고개를 숙이며 통화를 마쳤다. 레인부츠를 품에 꼭 끌어안고, 점점 더 멀어지는 도롱이를 봤다. 도롱이의 발에는 커다란 화상 자국이 있었다. 유빈은 도롱이의 움직임에 맞추어 레인부츠의 표면을 톡톡 두드렸다. 빗소리와 유빈의 손가락이 내는 소리가 불협화음을 만들어냈다. 유빈은 빗속으로 멀어지는 도롱이의 뒷모습을 보며, 그 리듬에 맞추어 춤을 추는 상상을 했다. 레인부츠를 신은 콩과 도롱이와 함께 여름의 장마가 끝날 때까지, 내내 춤을 추는 것이다. 불협화음이라도 아름다운 춤이 될 터였다.

도롱이는 점점 더 멀어져, 곧 유빈의 시야에 보이지 않게 되었다.

같이 가자. 같이.

귓가를 속삭이는 목소리에 잠에서 깨어났다.

대학교 2학년 때였다. 아르바이트 세 개를 번갈아 하던 때라 늘 잠이 부족했다. 그날도 집에 돌아오자마자 쓰러지듯 잠이 들었다. 얼마나 잤을까. 기묘한 부유감에 잠에서 깨어났다. 뇌와 몸이 분리된 듯한 감각과 움직이지 않는 손발에 금세 깨달았다. 아아, 가위에 눌렸구나, 하고.

어릴 적부터 가위에 잘 눌렸다. 툭하면 눌린 탓에 더 이상 무섭지도 않았고, 가위를 푸는 법도 익혔다. 발끝에 작은 구슬이 올라가 있다고 생각하고, 조금씩 힘을 풀어 구슬이 굴러가게 만든다. 그러고는 구슬을 추로 삼아 바닥 아래로 몸을 끌어 내리는 것이다. 그 감각을 익히고 나니 10여 분이면 가위를 풀 수 있게 되었다. 고등학생이 되자 가위눌림은 내게 잠을 잠깐

방해하는 모기 같은 존재가 되었다.

그러나 그 날은 달랐다. 아무리 구슬을 굴려도 가위가 풀리지 않았다. 한참이나 팔다리를 바르작거리고 있자니 짜증이 났다. 나는 졸렸다. 언제나 잠이 부족했다. 등하교를 하는 전철에서 서서 자다가 머리를 박기도 했고, 아르바이트 중에 화장실에서 잠들어서 혼난 적도 있었다. 강의를 듣다가 넌 잠자러 대학교 왔냐는 욕을 먹기도 했다. 그렇기에 나는 어떻게든 자야만 했다. 가위에 눌린 상태로라도 자고야 말겠노라. 굳은 의지로 두 눈을 질끈 감았다. 조금씩 몸이 아래로 끌어 내려지던 때였다.

"나와 같이 가자."

누군가 내 귓가에 속삭였다. 눈꺼풀을 바늘로 꿰어 위로 들어 올린 듯 눈도 깜빡일 수 없었다. 일그러진 형체는 자신의 얼굴을 내 얼굴 옆으로 바짝 들이밀었다. 사람이다. 아니, 사람이었던 것처럼 보이는 무언가다. 두 명이 하나가 되어 번갈아 가며 내 귓가에 속삭였다. 같이 가자고.

가위에 눌린 적도, 사람 아닌 것을 본 것도 처음은

아니었으나 목소리까지 들은 것은 처음이었다. 그 목소리가 시키는 대로 하면 모든 고통에서 해방될 수 있을 것만 같았다.

그러나 사람 아닌 무언가의 목소리가 준 공포나 그 알 수 없는 해방감을 향한 기대는 중요하지 않았다. 간신히 목소리를 쥐어짜 냈나.

"가. 잘 거야."

그러자 일그러진 형체는 어이없다는 듯 허, 헛웃음을 지었다. 그러곤 베란다 너머로 흐물흐물 날아 사라졌다.

가장 무서운 것은 귀신이 아니다. 귀신이 몇 명 나타나든 자고야 말겠노라 마음먹게 만드는 피로다. 그 피로에 버석해져 가는 매일이다. 그 매일을 버티다가 영혼까지 버석해져, 귀신의 손짓에 응하게 되는 날이 오는 건 아닐까 싶은 오싹함이다. 그 이상의 두려움을 나는 알지 못한다.

가위에 눌리더라도 현실에서 잠드는 날들이 이어지기를 바란다.

범유진

소설집 《아홉수 가위》, 장편소설 《맛깔스럽게, 도시락부》 《영웅학교를 구하라!》 《선샤인의 완벽한 죽음》 《우리만의 편의점 레시피》 《두메별, 꽃과 별의 이름을 가진 아이》 《가짜 커플 브이로그》 《카피캣 식당》 《친구가 죽었습니다》 《I필터를 설치하시겠습니까?》 《내일의 소년 어제의 소녀》 《당신이 사랑을 하면 우리는 복수를 하지》가 있다.

전예진

디워

미니 선풍기를 셔츠 깃 사이에 대고 바람을 들여보냈다. 겨드랑이가 식는 듯하더니 선풍기를 반대로 돌리자 금세 다시 축축해졌다. 모니터를 보며 점심시간을 기다렸다. 에어컨 희망 온도가 25도만 돼도 좀 살 만할 텐데, 리모컨을 만지기라도 하면 팀장이 귀신같이 알아채고 온도를 29도로 다시 올렸다. 의욕을 떨어트리는 재능이 있는 사람이었다. 다양한 일을 시키겠답시고 담당 업무를 바꾸지 않나 기껏 해놓은 일에 다른 팀원을 끼워 넣지 않나, 일을 시킬 줄만 알지 소통이라고는 할 줄 모르는 인간이었다.

"밥 먹으러 가죠." 팀장이 자리에서 일어났다. 팀원들은 인사만 건네고 자리에서 일어나지 않았다. 팀장이 내게 고갯짓했다. 나는 마지못해 일어나 그와 엘리베이터를 탔다. 팀원들은 팀장이 시킨 일을 도맡아 하는 나를 팀장과 원 플러스 원으로 보는 것 같았다. 담배 냄새와 입 냄새를 풍기는 40대 아저씨, 회사에 매몰된 화석 같은 그를 나와 한 묶음으로 보다니. 그들이 그런 눈빛을 보낼 때마다 회사 생활이 어딘가 단단히 꼬인 듯해 한숨이 나왔다.

탈 때부터 만원이던 엘리베이터는 모든 층에서 멈춰 서며 느리게 내려갔다. 층마다 나오는 알림음을 들으며 눈을 감았다. 진지하게 퇴사를 생각하다 전세 대출과 1년 만에 세 배 오른 금리를 떠올리고는 그만두었다. 아, 회사 때려치우고 싶다, 때려치우고 싶어. 입 안에 들어찬 말을 애써 삼켰다.

엘리베이터가 지하에 멈추고 문이 열렸다. 먼저 내리는 팀장의 정수리가 유독 휑해 보였다. 회사에서 버텨봤자 저 사람처럼 늙게 되겠지. 힘겹게 매달린 정수리 머리카락이 그의 움직임에 따라 흔들렸다. 뽑혀 나갈 일만 남은 자신을 연민하고 그 세상이 전부라 생각하며 살아가겠지.

"구내식당 좋죠?" 그가 나를 돌아봤다.

"넵, 그럼요."

팀장은 구내식당을 좋아했다. 매번 고르는 메뉴는 김치찌개 아니면 청국장찌개로, 먹어도 먹어도 질리지 않는다고 했다. 그와 발 맞춰 구내식당으로 걸어가며 몰래 고개를 저었다. 나는 결코 그런 삶에 안주하지 않으리라.

식당으로 들어가는 유리문이 열려 있었다. 사람도 평소보다 적었다.

"오늘 무슨 날인가?" 팀장이 식당으로 들어갔다. 그를 따라 한 걸음 움직이자마자 후덥지근한 공기가 훅 끼쳤다.

"왜 이렇게 덥지?" 중얼거리며 주변을 살폈다.

"에어컨이 고장 났어요." 바닥을 닦던 식당 직원이 대답했다.

"그래서 이렇게 덥군요." 팀장이 생각에 잠겼다.

그래, 더위를 안 탄다고 해도 이 정도는 못 참지. 머릿속으로 갈 만한 식당을 추렸다.

"에어컨이 고장 났을 때 보는 영화는?" 팀장이 물었다.

"예?"

"생각해 봐요. 모르겠어요?"

에어컨이 고장 났는데 영화를 왜 봐. 흐뭇한 얼굴의 팀장을 마주 본 채 입속말을 중얼거렸다.

"〈디 워〉잖아요." 그가 대답했다.

"〈디 워〉? 아, 더우니까요? 하, 하하." 반사적으로 웃음소리를 냈다.

"뭐 먹을래요?" 팀장이 키오스크로 걸어갔다.

"전 돈가스요."

"나는……." 그가 고민하다 청국장찌개를 골랐다. 어차피 청국장찌개 아니면 김치찌개면서 왜 매번 고민하는지 이해가 안 갔다. 구내식당에 있는 메뉴야 그게 그건데. 우리는 서로 각자의 점심을 주문했다.

정수기와 냅킨이 놓인 기둥 옆 옆 테이블에 앉았다. 돈가스집 전광판은 기둥에 가려 잘 보이지 않았지만, 백반집은 잘 보였다.

"날이 참 더워요." 팀장이 땀 한 방울 흘리지 않은 채 말했다.

"네, 무슨 기록적 폭염이라던데." 나는 셔츠를 펄럭이며 흐르는 땀을 말렸다.

"아직 4월인데 여름에는 얼마나 더울까 모르겠네요."

"그러게요."

매일 하는 날씨 얘기. 괜스레 휴대폰을 들여다보며 백반집을 돌아봤다. 전광판에 뜬 번호 중 팀장의 번호는 없었다.

"습기만 가셔도 좀 낫던데." 그가 말했다.

그것도 어제 얘기했는데.

"저는 땀이 많은 체질이라." 어제 말한 그대로 대답했다.

그가 습관적으로 고개를 끄덕였다.

"어, 나왔다." 팀장이 일어나 백반집으로 걸음을 옮겼다. 돈가스집에 가보니 내 것도 나와 있었다. 돈가스를 받아 자리에 놓고 정수기로 갔다. 두 사람이 정수기 앞에서 이야기를 나누고 있었다. 둘 중 오른쪽에 선 여자가 선글라스를 정수기 위에 놓더니 컵에 뜨거운 물을 조금 더 따랐다. 나는 작게 헛기침을 하고 정수기 쪽으로 한 걸음 더 다가갔다. 두 사람이 자기들끼리 눈짓을 주고받고 정수기를 떠났다. 컵 두

개에 차례로 물을 받는데 선글라스에 비친 내 얼굴이 보였다. 질색하며 비죽이는 입과 커다란 코. 나는 햇빛이 강한 날에도 선글라스만큼은 절대 쓰지 않았다. 20년 전의 기억이 올라와 소스라쳤다. 애써 기억을 털어내고 자리로 돌아갔다.

팀장은 숟가락으로 청국장찌개를 펐다 부었다 하며 얘기를 계속했다. 그가 이전 회사에서 내 나이쯤 겪은 일화를 매번 무슨 영웅담처럼 늘어놓지만, 안타깝게도 그의 입에서 다시 그의 입으로만 전해지는 이야기였다.

"원래 다 하는 거라고 하니까, 다들 그 정도는 쉽게 하나 보다 생각한 거예요. 근데 막상 하청업체랑 얘기해 보니까 이거는 불가능하다, 업계 관행상 말이 안 된다, 계속 그러는 거죠."

팀장은 알까. 그가 이번 달만 해도 벌써 다섯 번은 넘게 같은 얘기를 했다는 걸. 나는 그의 말을 귀넘어들으며 테이블 두 줄 뒤에 앉은 남자를 봤다. 거치대에 휴대폰을 세워두고 화면을 보며 밥을 먹고 있었다. 먹는 사이사이 휴대폰을 보며 뭔가 말하는 것 같기도 했다.

“요즘은 구내식당에서도 브이로그를 찍나 봐요.”

팀장이 음식을 삼키려 말을 잠깐 멈춘 사이에 화제를 바꿨다.

“응?” 팀장이 뒤돌아 남자를 힐긋 보더니 말을 이었다. “나는 그때도 어떻게든 해내자는 주의여서. 사실 기억도 잘 안 나는데 반쯤 빌기도 하고 협박도 하면서 아예 제작하는 과정을 갈아엎었어요.” 그가 멋쩍어하며 웃었다. “프로젝트 끝난 뒤에 상사가 그러더라고요. 그걸 성공한 사람이 나 말고는 당시 부장님밖에 없었다고. 그러니까 내가 입사하기도 전에 부장님이 만든 기록이었던 거예요, 법도 달랐던 시절에. 하여튼 여러 가지로 불가능한 프로젝트였는데…….” 팀장이 내 얼굴을 보더니 숟가락을 내려놓고 물을 마셨다.

돈가스를 씹어 넘기며 뒤늦게 그럴듯한 반응을 보였지만, 그는 이미 기분이 상한 눈치였다.

“그래서. 제작 요청은 보냈어요?” 팀장이 물었다.

“요청서 작성 중입니다. 근데 제작팀에서 양식을

아예 바꿔서 보내달라고 해서……. 이번만이 아니라 자꾸 자잘한 업무를 넘기는데 좀 쳐내주시면 좋겠습니다." 그의 눈을 피하며 말을 이었다. "저 하는 일 많은 거, 팀장님도 아시잖아요."

"그거는 이해를 좀 해주면 좋겠는데. 아예 관련 없는 걸 요청하는 것도 아니고. 회사라는 게 그쪽이 바쁠 때는 우리가 하고 우리가 바쁠 때는 그쪽에서 도와주고 하는 거잖아요. 그렇게 나누면 당장은 편해도 나중에 필요할 때 곤란해져요."

제작팀에서 떠미는 업무는 대부분 우리 팀과 상관없는 일이었다. 제작팀이 바쁘고 안 바쁘고를 떠나서 우리 팀이, 적어도 내가 하는 일이 그들보다 몇 배는 많았다. 일이 돌아가는 사정을 제대로 파악한 사람이라면 그걸 모를 수 없었다. 화를 참으려 고개를 숙였다. 내 오늘은 기어코 살생부를 만들어 당신 이름을 적으리라. 입꼬리를 설핏 올리고 팀장을 바라봤다.

"네, 그렇게 하겠습니다."

밥을 마저 먹고 식기를 반납한 후 출구로 걸어갔

다. 그저 식사를 했을 뿐인데 오전보다 더 지치는 기분이 들었다. 왁스 칠을 한 바닥에 시선을 둔 채 팀장을 따라 걸었다. 팀장이 출구 유리문을 열고 나갔다. 닫히려는 문을 팔꿈치로 밀며 밖으로 발을 내디뎠다. 정면에서 커다란 재채기 소리가 들렸다. 고개를 들어 팀장을 바라봤다. 눈을 질끈 감은 그의 옆얼굴이 보였다. 또 입도 안 가리고 재채기하네, 생각하는데 그가 눈앞에서 사라졌다.

유리문에 머리를 박지 않기 위해 걸음을 늦춰야 했다. 순식간에 나타난 닫힌 문을 피해 열려 있는 오른쪽 문으로 방향을 틀었다. 구내식당에 들어서자 후덥지근한 공기가 살에 닿았다. 이상하다. 앞서 들어간 팀장의 뒤통수를 눈으로 좇았다. 분명히 조금 전까지 이마에 복도 에어컨 바람이 닿았는데.

"왜 이렇게 덥지?" 중얼거리며 주변을 살폈다.

"에어컨이 고장 났어요." 식당 직원이 바닥을 닦으며 지나갔다.

"그래서 이렇게 덥군요." 팀장의 목소리가 들려왔다.

식당 직원이 눈에 익었다. 나를 돌아보는 팀장의 얼굴도 기시감이 들었다.

"에어컨이 고장 났을 때 보는 영화는?" 그가 물었다.

"예?"

"생각해 봐요. 모르겠어요?" 그가 흐뭇한 얼굴로 말을 이었다. "〈디 워〉잖아요."

홀린 듯 그를 따라 키오스크로 걸어갔다.

"뭐 먹을래요?"

"저요?" 식당의 천장과 테이블, 그곳을 채운 사람들을 둘러보며 대답했다. "돈가스요."

"나는……." 그가 신중한 고민 끝에 청국장찌개를 골랐다.

정수기와 냅킨이 놓인 기둥 옆 옆 테이블에 앉아 음식이 나오기를 기다렸다. 어리둥절해 기억을 더듬었다. 밥을 다 먹고 구내식당에서 나가던 길이었는데, 꿈을 꿨나.

"어, 나왔다." 팀장이 청국장찌개를 받으러 일어났다. 나도 돈가스집으로 향했다.

전광판에 뜬 198번을 확인하고 배식구로 다가가는데 정면에 선 이모님이 나를 빤히 쳐다봤다. 뭐지. 이모님과 눈을 마주한 채로 돈가스와 반찬이 놓인 쟁반을 손에 들었다.

"198번 손님, 돈가스 나왔습니다." 옆에 선 다른 직원이 카레돈가스가 놓인 옆 쟁반에 반찬 그릇을 두며 말했다. 바쁘니 빨리 네 몫을 가지고 가라는 것 같았다.

자주 들러 익숙한 이모님이었지만, 그렇게 오래 눈을 마주친 적은 처음이었다. 테이블에 돈가스를 갖다 놓은 뒤 물을 뜨러 갔다. 정수기 앞에 선 두 사람이 물을 받고도 자리를 뜨지 않고 이야기를 나눴다. 둘 중 한 명이 손에 든 선글라스를 정수기 위에 놓고 컵에 뜨거운 물을 조금 따랐다.

선글라스. 정수기 위에 놓인 선글라스를 본 기억이 있었다. 기시감이 아니었다. 나를 보고 자리를 비켜주는 두 사람의 뒷모습도 기억에 남아 있었다.

팀장의 말을 듣는 둥 마는 둥 하며 돈가스를 먹었다. 조금 전까지 먹던 음식처럼 맛과 식감이 입에 익었지만, 점심을 먹지 않은 듯 배가 고팠다.

"원래 다 하는 거라고 하니까……." 팀장이 말을 이었다.

배를 채우며 주변을 힐긋거렸다. 선글라스 주인이 정수기로 다가가 선글라스를 가져갔고 테이블 두 줄 뒤에는 휴대폰을 세워둔 남자가 앉아 있었다.

"요즘은 구내식당에서도 브이로그를 찍나 봐요." 내가 말했다.

"응?" 팀장이 남자를 돌아본 뒤 말을 계속했다. 모든 말이 전과 동일했다.

"그래서. 제작 요청은 보냈어요?"

"요청서 작성 중입니다. 근데 제작팀에서……." 내 입에서도 같은 말이 흘러나왔다.

"그거는 이해를 좀 해주면 좋겠는데……."

고개를 숙이고 그가 하는 말을 듣다가 기억 속 나와 같은 대답을 했다.

"네, 그렇게 하겠습니다."

밥을 마저 먹고 식기를 반납했다. 출구로 걸어가며 팀장을 유심히 바라봤다. 꿈이라기에는 모든 게 생생했다. 잠깐 생각에 빠진 사이 팀장이 크게 재채기를 했다. 놀라 숨을 들이마시는데 눈앞에 구내식당 입구가 나타났다.

"왜 이러지?"

내 혼잣말에 지나가던 식당 직원이 대답했다. "에어컨이 고장 났어요."

"그래서 이렇게 덥군요." 팀장이 말을 멈추고 나를 돌아봤다. "에어컨이 고장 났을 때 보는 영화는?"

"〈디 워〉요, 〈디 워〉." 황급히 대답했다.

"어! 어떻게 알았어요?" 팀장이 웃음을 터뜨렸다. "뭐 먹을래요?"

우리는 같은 음식을 주문하고 같은 자리에 앉아 음식이 나오기를 기다렸다. 어떻게 해야 하지. 토씨 하나 안 틀리고 세 번째로 같은 말을 건네는 팀장 앞에서 다리를 떨었다.

"어, 나왔다." 팀장이 청국장찌개를 받으러 가고 나도 돈가스집으로 향했다.

익숙한 이모님이 보였다. 그녀가 이상하리만치 열의를 띠고 나를 바라보았다.

"뭐예요?" 그녀에게 물었다.

이모님이 씨익 웃었다. 그러고 보니 동그란 얼굴과 쌍꺼풀진 커다란 눈, 조그만 코가 〈스타워즈〉에 나오는 요다와 닮아 있었다.

"자네는 직장인의 타임루프에 빠졌다네." 이모님이 엄숙하게 말했다.

"예?"

"당신이 이곳의 열쇠를 쥐고 있다는 사실을 기억하게."

"열쇠요?"

"198번 손님, 돈가스 나왔습니다." 옆 직원의 말에 이모님이 뒤돌아 주방으로 들어갔다. 멀어지는 이모님을 지켜보다가 돈가스를 가지고 자리로 돌아갔다. 물을 떠 오고 팀장의 말을 들으며 밥을 먹는 동안 이모님이 한 말을 생각했다. 정수기 앞에 선 두 사람과 선글라스, 브이로그를 찍는 남자, 그리고 녹음처럼 되풀이되는 팀장의 말. 타임루프라니. 나는 얼굴을 감싸고 고개를 숙였다. 꿈이라기에는 주변 사람들의 옷과 맞은편 팀장의 수염 자국, 그에게서 나는 냄새까지 모든 게 또렷했다. 비현실적으로 느껴지는 것은 혼자만의 기시감과…… 돈가스 이모님의 말투. 나는 기둥에 가려진 돈가스집을 돌아봤다. 그녀를 다시 찾아가야 했다.

"그래서. 제작 요청은 보냈어요?" 팀장이 물었다.

"요청서 작성 중입니다." 반사적으로 대답했다. "근데 제작팀에서 자꾸 업무를 넘기는데 그것만 좀 쳐내주시면 좋겠습니다."

"그거는 이해를 좀 해주면 좋겠는데." 팀장이 몇십 분 전 한 말을 아무렇지 않게 반복했다. "……그렇게 나누면 당장은 편해도 나중에 필요할 때 곤란해져요."

대답을 얼버무리고 남은 밥을 먹었다. 설마, 아니겠지. 그를 따라 빈 그릇을 놓고 출구로 걸어갔다. 팀장의 뒤통수는 재채기라고는 모르는 사람처럼 하늘하늘 평온해 보였다. 유리문 밖으로 발을 뻗었다. 팀장이 고개를 숙이며 재채기했다.

눈앞에 구내식당으로 들어가는 문이 보였다.

"에어컨이 고장 났어요." 지나가는 식당 직원의

말에 불쑥 짜증이 치밀었다.

“에어컨이 고장 났을 때 보는 영화는?” 팀장이 물었다.

“아이, 그만 좀 하세요.”

“생각해 봐요. 모르겠어요?” 그가 흐뭇한 얼굴로 말했다. “〈디 워〉잖아요.”

헛웃음이 나왔다.

“뭐 먹을래요?” 팀장이 키오스크로 나아갔다. 대답하지 않았지만, 그는 마치 짜인 각본처럼 익숙한 말과 함께 청국장찌개를 골랐다. 머리가 지끈거려 관자놀이를 문질렀다. 맥주 한 모금이 절실했다.

“돈가스 받아 올게요.” 정수기 기둥 옆 옆 자리로 걸어가는 길에 그에게 말했다.

“아직 안 나왔을 텐데요.”

팀장을 바라봤다. 내 행동이 바뀌면 그의 행동도 바뀌는 걸까. 그가 의아한 얼굴로 나를 보다가 뭔가 떠오른 듯 구내식당을 돌아봤다.

“날이 참 더워요.”

그럼 그렇지. 그가 지겨운 날씨 얘기를 늘어놓기

전에 몸을 돌려 돈가스집으로 걸어갔다. 전광판에 적힌 숫자 중 198번은 없었지만, 배식구 뒤편에서 분주히 움직이는 이모님이 보였다.

"저기요."

그녀가 나를 보고 씨익 웃었다.

"자네는……."

"네네. 직장인의 타임루프요. 그게 뭔데요? 밥 잘 먹다 갑자기 왜 이러는 거예요?"

그녀가 눈을 감고 길게 숨을 내쉬었다.

"자네가 이 타임루프에 빠진 이유를 말하려면 2주 전, 자네 팀장이 멋대로 에어컨을 끄던 순간으로 거슬러 올라가야 하네."

"저, 죄송한데 말투라도 좀 바꿔주시면 안 될까요? 무슨 게임 NPC도 아니고."

그녀가 단호히 고개를 저었다.

"여름마다 타임루프에 갇히는 직장인들이 생겨나지. 에어컨이 고장 나거나 누군가 에어컨을 꺼버리는 바람에 평소 느끼지 못한 극심한 더위에 시달리는 걸세. 더위를 먹어 1초 전과 3초 전을 구분하지 못하고,

그런 날이 이어지면 시간개념이 마구 뒤섞여 버리지."
그녀가 세상의 어두운 면을 털어놓듯 심각한 표정으로 말을 이었다. "기록적 폭염 때문인지 4월인데 벌써 타임루프가 발생했구만."

"……네?" 표정을 감추는 것도 잊은 채 그녀를 바라봤다.

옆 직원이 돈가스를 쟁반에 놓고 번호를 띄웠다.
"198번 손님, 돈가스 나왔습니다."

이모님이 내 눈을 피하며 주방으로 몸을 돌렸다.

"아니, 잠깐만요." 그녀에게 소리쳤다. "그래서 뭘 어쩌라는 거예요."

순간 사방이 조용해지며 시간이 멈춘 듯한 기분이 들었다. 돈가스집 직원과 주변 사람들이 나를 쳐다봤다. 몇 초가 지났을까 그들이 다시 고개를 돌리고 하던 일을 계속했다.

"그래, 바로 그것이네." 이모님이 눈을 반짝였다.
"평소와 다른 행동. 그게 직장인의 타임루프를 벗어날 방법일지 몰라."

조금 전 느낀 감각을 되새겼다. 뭔가가 어긋난 느

낌, 그 묘한 위화감이 시간 흐름의 변화 때문이었다면, 그 순간 타임루프에 금이 가기라도 했던 거라면. 그러나 아닐 수도 있었다. 그저 사람들의 시선에 긴장했는지도 몰랐다.

자리로 돌아와 돈가스를 먹었다. 이모님 말을 들을 때는 그럴듯했는데 테이블에 앉아 주변을 보니 타임루프고 뭐고 그저 평소 점심시간 같아서 어떤 행동을 해도 괜찮다는 게 잘 믿기지 않았다. 머릿속으로 기이한 행동을 생각했다. 아무리 타임루프라도 사회에서 매장될 만한 행동은 하고 싶지 않았다. 돈가스를 두 조각째 먹는데 잘 넘어가지 않았다. 분명 배는 고픈데 튀김에서 나오는 기름과 달짝지근한 소스가 물렸다. 매일 먹어도 좋은 몇 안 되는 음식인데……. 청국장찌개에 만 밥을 어기적대는 팀장의 입과 턱을 쳐다봤다. 회사에 돈가스마저 뺏긴 기분이 들었다. 타임루프가 아니라면 지금쯤 회사를 나섰을 테고 집 앞 편의점에서 맥주를 샀을 텐데. 저녁 5시 배송 예정이라 했으니 집 앞에 놓여 있을 먹태를 챙겨 테이블 세팅을 하면, 크. 고개를 숙이고 탄성을 삼켰다. 이게 정말 타임루프라면 어느 트럭에 실려 있을 내 먹태는 매번 새롭게 나타나는 걸까, 상하거나 하는 건 아니겠지.

“팀장님.” 팀장의 말을 끊었다.

그가 탐탁지 않은 표정으로 나를 쳐다봤다. 뭐 어쩌겠습니까, 나도 집에는 가야지.

“저 로또 당첨됐어요.”

“그래요?” 그가 미간을 펴고 물었다. “상금이 얼만데요?”

“한 10억? 아니다, 50억? 요새 로또 1등 당첨금이 얼마죠?”

“로또는 매번 다르죠.” 그가 물을 들이켜고 말을 이었다. “그래서 내가 했던 일이요. 알고 보니까 그걸 성공한 사람이 나 말고는 당시 부장님밖에 없던 거예요.”

오늘만 네 번째 듣는 말이었다. 선글라스 주인과 브이로그 찍는 남자도 여전했다. 분명 평소에 하지 않는 짓을 했는데 통하지 않았다. 거짓말이라 그런가. 물 한 컵을 비우고 다시 입을 열었다.

"저 사실 월급날마다 코인 레버리지 해요. 대박 치면 회사 나가려고요."

사실이었다.

"어어," 팀장이 헛웃음을 지었다. "그래, 요즘 안 그런 사람이 어디 있겠어요. 나 때는 성실하게 하면 뭔가 되기도 하는 세상이었다지만, 요즘은 또 다르지." 그가 씁쓸한 얼굴로 남은 청국장찌개를 긁어모았다.

"그래서. 제작 요청은 보냈어요?"

"아이, 또." 나도 모르게 짜증 섞인 소리가 새어 나왔다. 도대체 나보고 뭘 어쩌라는 거야. "요청 보내는 건 문제가 아닌데 제작팀에서 자꾸 일을 넘긴다고요. 몇 번을 말씀드립니까. 제가 웬만하면 팀장님이 시키는 거 그냥 하잖아요, 남들 하기 싫다는 거 도맡아 하고. 그런 거 다 참고 할 테니까 이런 건 팀장님이 좀 쳐내주세요. 제 일만 집중할 수 있게 좀 해주시라고요."

팀장이 나지막이 내 이름을 불렀다.

"네."

"회사 생활이라는 게 내가 힘든 것만 힘든 게 아니잖아요." 그가 한숨을 쉬고 고뇌에 찬 표정을 지었다. "이번만 부탁할게요."

"……."

"갑시다." 그가 빈 그릇을 들고 일어났다.

풀 죽은 얼굴로 힘없이 쟁반을 들었지만, 콧노래라도 나올까 입을 다물었다. 팀장의 말이 달라졌으니 앞으로의 일도 달라질 것 같았다. 기대에 차 구내식당을 나섰다.

"헤에이취." 침을 한가득 튀기는 듯한 재채기 소리가 들렸다.

에어컨이 고장 났다고 말하는 식당 직원을 지나 돈가스집 이모님에게 달려갔다. 그녀가 나를 보고 씨익 웃었다.

"자네는……."

그녀의 말을 끊고 지금까지 일어난 일을 빠르게 공유했다.

"이럴 바엔 기술을 배워서 에어컨을 고치는 게 더 빠르겠어요."

"그거참 문제로구만." 그녀가 엄지와 검지를 턱에 대고 생각에 잠겼다.

"몇 시간째냐고요, 이게. 너무한 거 아니에요? 회사에, 상사랑. 이런 뭐 같은 경우가 어디 있어요."

"이곳이 다른 누구도 아닌 자네의 타임루프라는 걸 기억해야 하네."

"예?" 미심쩍은 마음을 숨기지 않고 그녀를 바라봤다. 주름진 얼굴 가운데 놓인 눈이 유독 커다랗고 환했다.

"이 세상은 자네를 중심으로 돌아가지. 그러니 자네 주위에 있는 사람과 경험에 답이 있을 게야."

옆 직원이 돈가스를 쟁반에 내려놓았다.

"198번 손님, 돈가스 나왔습니다."

"예? 이번엔 안 시켰는데?"

기둥 너머를 돌아보자, 테이블에 앉은 팀장이 나를 보고 번호표를 든 손을 흔들었다.

"자네는 이미 답을 알고 있네……." 이모님이 말끝을 흐리며 주방으로 사라졌다.

테이블에 돈가스를 내려놓고 앉는데 팀장이 물끄

러미 나를 바라봤다. 아, 물. 지는 손이 없나. 화가 올라왔지만, 생각을 정리할 기회이기도 했다. 정수기가 있는 기둥으로 걸어가며 이모님이 한 말을 되뇌었다. 주워 사람이라……. 정수기 앞에 선 두 사람이 이야기를 나누며 떠나갔다. 선글라스는 그 전처럼 정수기 위에 놓여 있었다. 선글라스 주인은 3~4분 뒤에 이곳으로 돌아올 터였다. 다른 사람이 놓고 간 물건, 그것도 선글라스를 주워 쓰는 일은 나라는 인간이 절대 하지 않을 행동 중 하나였다. 선글라스를 끼고 팀장에게 돌아갔다.

"뭐예요?" 그가 물었다.

손으로 총 모양을 만들어 그에게 겨눴다. 명대사로 유명한 영화, 제목은 기억이 안 나지만 이병헌이 나오는 영화에서 그가 보스, 그러니까 김영철에게 한 것처럼.

"말해봐요. 저한테 왜 그랬어요?"

팀장이 미간을 찌푸리고 나를 쳐다봤다. 생각보다 무심한 반응에 당황했지만, 눈을 감고 냅다 이병헌의 다다음 대사를 던졌다.

"8년 동안 당신 밑에서 개처럼 일해온 날!"

사람들의 웅성거림이 멎었다. 눈과 손과 몸의 다른 부분이 제각각 흩어져 허공에 떠 있는 기분이 들었다. 시간이 존재하지 않는 어딘가를 표류하는 느낌. 눈을 뜨자 놀란 팀장과 나를 힐긋거리는 사람들이 보였다. 그래, 이거야. 웃음이 터져 나왔다. 눈앞에 먹태와 마요간장소스, 기포가 올라오는 맥주가 어른거렸다. 어쩐지 눈물이 날 것 같았다.

팀장의 미간 주름이 서서히 펴지고 그가 손을 뻗어 나를 앉혔다.

"요새 많이 힘들죠?" 그가 목소리를 낮추고 물었다. "내가 더 챙겼어야 했는데. 힘든 일 있으면 언제든 말해요. 응? 밥 먹어요, 먹어."

고개를 끄덕이고 돈가스를 입에 넣었다. 주위 사람들의 행동 하나하나가 눈에 들어왔다. 휴대폰을 보며 밥을 먹는 사람, 얘기하다 말고 웃으며 옆 사람을 툭 치는 사람, 몇 분 만에 밥을 털어 넣고 일어나는 사람, 정수기로 걸어가는 선글라스 주인, 브이로그를 찍는 남자, 모두가 그대론 것 같았다. 8년이 아니라 4

년이라고 할걸, 뒤늦은 후회가 밀려왔다. 입사는 8년 차지만 지금 팀장 밑에서 일한 지는 4년이 채 되지 않았다. 그런데 8년이라고 하니 효과가 잘 나지 않는 것 같았다. 차라리 4년이라고 하고 더 감정을 실어볼 걸. 테이블 아래에서 손으로 총 모양을 만들고 자리에서 일어날 준비를 했다. 자, 다시 한번. 입속말을 중얼거렸다. 4년 동안 당신 밑에서 개처럼…….

"일해온 날……."

의자 위에 엉거주춤 서서 팀장과 주변 사람을 바라보았다. 8년이든 4년이든, 햇수를 바꾼다고 뭐가 달라질까. 타임루프고 뭐고 어차피 이번 생은 영 망해버린 걸지도 몰랐다. 3년 차, 아님 5년 차쯤 이직했어야지, 아니, 애초에 좀 더 걸리더라도 좋은 회사에 들어갔어야지, 아니, 아예 전공을 바꾸거나 재수를, 아니, 그보다는 고등학생 때…… 아니, 중학생 때부터…….

그랬으면 뭐가 달라졌을까.

선글라스 렌즈 너머 멀리, 선글라스 주인의 자그마한 얼굴과 나를 향해 찌푸린 미간이 보였다. 무거운 렌즈로 보는 거무튀튀한 세상. 나는 기어코 20년 전 기억을 떠올렸다. 중학교 3학년, 학교 축제 장기자랑에 나가 마이클 잭슨의 〈Beat It〉을 부른 날. 그날 나는 페도라와 선글라스에 스팽글 재킷을 입고 홀로 무대에 올랐다. MR에 비해 턱없이 작은 성량, 박자를 놓치고 흔들리는 팔과 다리, 어색한 공기와 멀뚱히 나를 쳐다보는 사람들. 어쩌면 그날부터 내 인생은 줄곧 내리막길이었는지도 몰랐다.

휴대폰으로 〈Beat It〉 뮤직비디오를 틀었다. 자리에서 일어나 호흡을 가다듬었다. 전주가 지나고 갱단의 아오, 울부짖는 소리가 들리자, 사람들이 하나둘 나를 쳐다봤다. 익숙한 일렉 기타 소리가 나왔다. 나는 고개로 박자를 맞추며 뮤직비디오를 힐긋거렸다. 영상에 나오는 사람들은 어딘가로 달릴 뿐 춤을 추지 않았다. 첫 소절을 부르고 머뭇거리며 오른팔을 어깨 옆, 아래로 한 번씩 뻗었다. 이거였나. 다리를 꼬며 한 바퀴 돌고 다시 주먹 쥔 손을 앞으로 뻗었다. 조금씩 연습했던 춤이 생각났다. 한 박자 쉬고 몸을 돌려 팔을 뒤로 뻗으며 골반 튕기기, 다시 노래를 부르다 알통 보여주기, 재킷 내리고 올리는 시늉, 팔꿈치를 허리에 붙인 상태로 오른쪽 손목을 흔들며 앞으로 걸어가기, 몸에 밴 동작을 하나씩 해내니 자신감이 붙었다. 고개를 들어 사람들을 바라봤다. 애써 모른 척 휴대폰을 보거나 밥을 먹는 사람, 얼떨떨한 표정으로 나를 쳐다보는 사람이 대부분이었지만, 피식 웃거나 리듬을 타는 사람도 보였다. 브이로그를 찍던 남자가 휴대폰을 들어 나를 찍었다. 그래, 어차피 다들 기억 못 할 텐데. 나는 조금 더 힘껏 팔과 다리를 놀렸다. 마지막 하이라이트, 양손을 위아래로 번갈아 들다 뭔가를 잡아끌듯 옆으로 스텝을 밟았다. 흥이 오르고 중학교 3학년, 작은 내 방에서 연습할 때처럼 노래와 하나가 된 듯한 기분이 들었다. 골반을 튕기다가 제기 차듯 다리를 올렸다 내리고, 손을 뻗으며 엔딩! 웃으며 보던 사람 두 명이 박수를 보냈다. 뭐, 어쩔 거야. 내친김에 브이로그를 찍는 남자에게 다가갔다. 그가 당황하며 뒤로 물러섰다.

"잠깐 봐도 돼요?"

"어, 그럼요." 남자가 휴대폰을 건넸다.

영상을 재생하니 구내식당의 초라한 조명 아래 셔츠에 양복바지 차림으로 열심히 춤을 추는 내가 보였다. 페도라도, 스팽글 재킷도 없었지만, 웃음을 머금은 얼굴과 양복 차림이 생각보다 멋있었다. 나는 모자를 벗는 시늉을 하며 남자에게 멋들어지게 인사를 건넨 뒤 정수기 기둥 앞에서 입을 벌리고 나를 바라보는 선글라스 주인에게 그녀의 선글라스를 벗어 주었다.

나를 등지고 앉은 팀장은 청국장찌개를 내려다본 채 생각에 잠겨 있었다. 허리를 세우고 자신만만한 걸음으로 그에게 돌아갔다. 비록 뒷모습만 봤겠지만, 당황스럽고 심란하겠지. 팔짱을 끼고 그와 마주 앉았다.

"……그래요." 그가 천천히 고개를 끄덕였다. "가끔 어떻게든 해야 스트레스가 풀릴 때가 있죠…….
갑시다."

팀장을 따라 구내식당 출구로 걸어갔다. 선글라스를 훔쳐 쓰고 20년 묵은 트라우마를 재연했으니 이번엔 분명 성공하리라. 평온한 마음으로 식당을 나서는데 팀장의 재채기 소리가 들렸다.

온몸에 힘이 빠졌다. 유리문을 지나 타임루프가 나를 이끄는 대로 걷고 앉았다. 에어컨, 〈디 워〉, 돈가스, 청국장찌개, 날이 참 더워요, 어, 나왔다.

돈가스집 이모님 앞에 섰다.

"자네는 직장인의……."

"망했어요." 한숨을 쉬고 돈가스가 놓인 쟁반을 들었다.

"이번이 처음이 아니구만."

"처음은 무슨. 한 8년은 된 것 같은데요."

"8년이라……. 혹시 그 말은 해보았나." 그녀가 비장하게 물었다.

"네?"

"궁극의 그 말 말일세. 직장인이 던질 수 있는 마지막 카드."

"그 말이요?" 머릿속에 문장 하나가 스멀스멀 피어올랐다.

"현실의 자네라면 절대 하지 않을 일." 이모님이 덧붙였다.

"현실의 저라면……." 입가에 웃음이 번졌다. 어

쩔 수 없이 그 말을 해야 하나. 아이 참, 함부로 그런 말 하는 거 아닌데. 나는 돈가스를 그곳에 놓아둔 채 몸을 돌렸다.

"198번 손님, 돈가스 나왔습니다." 뒤에서 날 부르는 소리가 들렸지만, 그대로 걸었다. 돈가스야 나오든 말든.

테이블로 돌아가 팀장의 커다란 코와 옹졸한 입, 푸르게 난 수염 자국을 마주 봤다. 꿈인가 싶어 꼬집으면 한 대 칠 것처럼 세밀한 얼굴과 자연스럽게 움직이는 안면 근육을 보니 입이 떨어지지 않았다.

"왜 그냥 와요?" 그가 물었다.

"저……." 영상 속 선글라스를 쓴 내 모습과 노래가 끝나고 손뼉 치던 두 사람을 떠올렸다. 그 짓도 했는데, 뭐.

"회사 그만두겠습니다."

"응?" 팀장이 내 말을 듣지 못한 것처럼 물었다.

"팀장님 때문은 아니고요. 일은 많은데 다른 팀보다 월급도 적고, 적응할 때쯤 업무 바뀌는 것도 힘들고요. 기껏 열심히 해놓으니까 뒤늦게 숟가락 얹는

애들도 싫고, 불평한다고 그냥 끼워주는 것도 어이없긴 했는데……. 아니이 씨, 근데 어차피 회사는 좆같으니까…… 아니다, 사실은 팀장님 지분이 커요. 실무 모르면 실무자 말을 듣기라도 하든가. 담배 피웠으면 페브리즈라도 좀 뿌리시고요. 양치를 하든 건강검진을 받든 입 냄새도 좀 어떻게 하세요. 그리고 추우면," 테이블을 내려치며 자리에서 일어났다. "패딩이나 입어요, 에어컨 좀 끄지 말고!"

놀란 표정으로 나를 바라보는 팀장을 보니 속이 좀 시원했다. 그래, 이거지. 눈을 희번덕거리며 미친놈처럼 보이려 노력했다. 아니, 크게 노력할 필요도 없었다.

"일단 앉아봐요." 팀장이 차분한 목소리로 말했다. 놀란 얼굴이 생각보다 빠르게 평온해졌다. "이제 8년 차죠? 믿기진 않겠지만, 나도 그즈음에 회사를 나갈까 진지하게 생각했었어요. 내가 얘기했나. 여기 오기 전에 다니던 회사에서 말도 안 되는 일을 자꾸 하라는 거예요."

"또 그 얘기예요?" 이번에도 실패할 수는 없었

다. 내 퇴근. 내 먹태. 내 맥주.

"아니, 들어봐요." 팀장이 아랑곳없이 말을 계속했다. 셔츠와 바지 주머니를 하나씩 뒤지더니 담배를 꺼내 물었다.

어어, 미쳤나. 주위를 둘러보며 그를 말렸다. "여기서 담배 피우시면 안 되는데."

그가 담배에 불을 붙인 뒤 깊게 빨고 연기를 내뿜었다.

"피카츄가 담배 피우기 전에 하는 말은?"

담배 연기를 피해 눈을 반쯤 감고 손부채를 부쳤다.

"피," 그의 옹졸한 입술이 열리고 조금 더 크게 벌어졌다. "까?"

머리로 피가 쏠렸다. 팀장 밑에서 일한 4년간 이 정도로 화가 난 적은 없었다. 배꼽 어딘가에서 회오리치는 감정이 올라왔다.

"씨발⋯⋯ 나 때려치운다고오오오!" 고개를 숙이고 고함을 내지르자 눈이 절로 감겼다. 목이 따갑고 혀뿌리에 피 맛이 났다. 머리끝까지 솟은 피가 식으며 주변의 웅성거림이 귀에 들어왔다. 조심스럽게 눈을 떠 주위를 살폈다. 나를 보며 지나가는 사람들, 식기가 부딪치고 진동벨이 울리는 소리, 짜고 달고 기름진 냄새들. 담배는 어디 가고 청국장찌개를 입에 한가득 문 팀장이 나를 바라보고 있었다. 그가 다 씹지도 않은 밥을 꿀꺽 삼켰다.

조용히 의자를 당겨 자리에 앉았다.

"그만 갈까요?" 팀장이 물었다.

"네."

반도 안 먹은 돈가스를 퇴식구에 내려놓고 그를 따라갔다. 팀장이 입을 가리더니 큰 소리를 내며 재채기했다. 나는 익숙한 문이 나오기를 기다리며 멈추지 않고 걸었다. 한 걸음, 두 걸음, 구내식당 밖으로 발을 뻗었다.

팀장이 내 등을 가볍게 쓸어내렸다.

"나가서 머리 좀 식히고 와요. 좀 늦게 들어와도 되니까. 아까 한 말은 못 들은 걸로 할게요."

당혹스러워 얼굴의 온 살결이 떨렸지만, 동시에 발끝에서 짜릿한 감각이 올라왔다. 복도에서 부는 에어컨 바람이 목과 젖은 등을 감쌌다.

허리를 몇 번 숙여 인사하고 에스컬레이터를 걸어서 올라갔다. 건물 밖으로 나가 쏟아지는 햇빛을 받았다. 똑같이 더운 공기였지만, 지하와는 차원이 다르게 맑고 따뜻했다. 물론 30분도 지나지 않아 제발로 사무실에 돌아갔다. 해야 할 일도, 해결되지 않은 문제도 여전히 많았다. 그러나 늘 그랬듯 오지 않을 것만 같던 퇴근 시간이 오고 집으로 가는 광역버스에 몸을 실을 수 있었다. 무사히 도착한 먹태와 맥주를 먹고 마시며 어제 보던 넷플릭스 오리지널 드라마를 이어 봤다.

애석하게도 해는 다시 떴고 출근과 점심시간도 돌아왔다. 팀장과 엘리베이터를 타고 구내식당으로 내려가는데 가슴이 미친 듯이 뛰었다.

"오늘은 사거리 덮밥집 어떠세요?" 1층에 가까워지는 엘리베이터를 보며 다급히 물었다.

"거기는 비싸기만 하고 좀 부실하지 않아요?" 팀장이 고집을 부렸다. 하는 수 없이 구내식당으로 향했다.

식당 문을 지나는데 앞서가던 팀장이 핑거 스냅

을 하며 돌아섰다.

"에어컨이 고장 났을 때 보는 영화는?"

온몸이 굳은 듯 움직이지 않았다. 숨을 죽인 채 그를 바라봤다. 익숙한 얼굴의 식당 직원이 나를 지나갔다.

"〈디 워〉잖아요." 내가 말했다.

서늘한 에어컨 바람이 피부에 닿았다.

"어제 했나?" 그가 내 표정을 살피더니 인중을 긁적였다. "그날이 그날 같아서."

안도의 한숨을 쉬고 그를 따라 키오스크로 걸어갔다. 오늘은 돈가스 말고 다른 걸 먹어야지. 팀장은 오늘도 청국장찌개나 김치찌개를 먹으려나.

내 알 바 아니었다.

다른 사람

초등학생 때 아파트 밖으로 떨어지는 꿈을 꿨다. 책상에 올라 창밖을 보다가 미끄러졌다. 눈이 아프도록 불어오는 바람, 아래위로 받는 힘과 멀미가 이는 감각이 선명했다. 잠에서 깬 뒤에도 가쁜 숨은 쉽게 가라앉지 않았다. 악몽을 잘 꾸지 않던 나는 한동안 그 꿈을 가장 무서운 꿈으로 꼽았다. 키가 크는 꿈이라는 말을 들었다. 해마다 소매가 짧아지던 시기였으니 그 말을 믿었다. 아파트에서 떨어졌지만, 키는 좀 크겠노라고.

최근 몇 년간 꾼 꿈 중 가장 무서운 꿈은 이것이다. 여행지에서 만난 사람과 자정이 넘은 시간에 길을 나섰다. 인적이 드물고 어두운 거리를 걸으며 동행이 어리니 내가 그녀를 지켜야 한다고 생각했다. 그때 누군가 우리를 지나갔다. 체구가 크지 않고 무해해 보이는 사람이었다. 안심하며 그 사람을 지나치다, 그런 사람도 돌변할 수 있다는 생각에 뒤를 돌아봤다. 멀어지고 있어야 할 사람이 눈앞에 있었다. 그 사람의 손이 동행의 등에 가까워졌다. 막으려 손을 뻗었지만, 한발 늦었고 이미 돌이킬 수 없다는 걸 알았다. 방심하지 말았어야 했는데. 깨어나며 느낀 공포를 며칠 동안 곱씹었다. 방심하지 말았어야 했는데.

새삼 이렇게 다른 사람이 되었다고, 느낄 때가 있다.

전예진

소설집 《어느 날 거위가》가 있다.

여름 순한
기담 맛

발행일 2023년 7월 26일 초판 1쇄

지은이 이주혜·정선임·범유진·전예진
기획 읻다
편집 최은지·김준섭·이해임
디자인 이지선
제작 영신사

펴낸곳 읻다
펴낸이 김현우

등록 제2017-000046호.
2015년 3월 11일
주소 (04035) 서울시 마포구
양화로 11길 64, 401호
전화 02-6494-2001
팩스 0303-3442-0305
홈페이지 itta.co.kr
이메일 itta@itta.co.kr
인스타그램 @itta_publishing
ISBN 979-11-93240-05-2 04810
979-11-93240-03-8(세트)

책값은 뒤표지에 있습니다.
잘못된 책은 구입하신 서점에서 바꾸어 드립니다.

야아아아아악!!!!! 흐억;
을수없어어어어!!!어엄
아아아아아! 흐으악 조작
! 으아악! 앗! 끄엑
… 꽥! 드득 드드득 으아
! 살려줘!!! 끄이익 아니이
니라고오오오!!!!!!! 흐흑
으… 으으으으… 꺄아아아
아앗 지직 치지직 컥 삐—
——————— 헉 크아악
끅끅 빠드득 빠직 웨엑
흐읍 끼악! 키긱 키기긱
뚝 스르륵 스르륵스르륵
악 아아아악! 휴… 히히
깔깔 끄윽 삭삭삭삭삭

것! 끄억 살마··· 컥!
드드득 으아아악! 살려줘!!!
이익 아니야! 으어어어
끼야아아아아악!!!!! 아
고오오오!!!!!!! 흐읍 끼악!
긱 키기긱 뚝뚝뚝 스르륵
르륵스르륵 휙휙 꺅! 으
휴··· 히히 깔깔깔깔깔 끄윽
삭삭삭삭 킬킬 키히히힉
악 빠아악 아아아악! 흐흑
으··· 으으으으··· 꺄아아아
아앗 지직 치지직 컥 탁
억;; 믿을수없어어어어!!
엄마아아아아아! 흐으악
작이다! 으아악! 삐——
——— 헉 크아악 끄읍
끄끄끄 빠드드 빠지 웨에